无境之兽

Beasts of No Nation

Uzodinma Iweala

[美] 乌佐丁玛·伊维拉——著 吴超——译

九州出版社
JIUZHOUPRESS

图书在版编目（CIP）数据

无境之兽 /（美）乌佐丁玛·伊维拉著；吴超译.
—北京：九州出版社，2016.8
ISBN 978-7-5108-4645-8

Ⅰ.①无… Ⅱ.①乌… ②吴… Ⅲ.①长篇小说—美国—现代 Ⅳ.①I712.45

中国版本图书馆CIP数据核字(2016)第201902号

版权登记号：01-2016-6610

无境之兽

作　　者	（美）乌佐丁玛·伊维拉　著　吴超　译
出版发行	九州出版社
地　　址	北京市西城区阜外大街甲35号（100037）
发行电话	（010）68992190/3/5/6
网　　址	www.jiuzhoupress.com
电子信箱	jiuzhou@jiuzhoupress.com
印　　刷	北京鹏润伟业印刷有限公司
开　　本	880毫米×1230毫米　32开
印　　张	6.25
字　　数	100千字
版　　次	2016年11月第1版
印　　次	2016年11月第1次印刷
书　　号	ISBN 978-7-5108-4645-8
定　　价	36.80元

第一章

一开始是这样的。我感觉到痒，好像身上爬了一只小虫子。接着，两眼之间的地方开始刺痛。随后，鼻子也不安分起来，痒得我直想打喷嚏。再后来，风灌进耳朵。一时间，我听到许多声音：昆虫窸窸窣窣地爬动，卡车像成群的某种动物隆隆驶过。接着，有人大喊："快点！都别磨蹭！快！快！快！"那声音像刀子一样扎在我身上。

我睁开一只眼睛。周围有耀眼的光，从遍布窟窿的屋顶直射下来。光与影交织在一起，犹如一张大网笼罩着我。这时，我发现自己正蜷缩成一团，像墙角里忽然被灯光照到的小老鼠，一动不动。雨水和汗水的气息直扑鼻孔，衬衫湿漉漉的，紧贴在身上，仿佛陡然间新长出了一层皮肤。

我想动一动，可浑身上下疼得厉害，感觉就像有上万只火蚁在啃噬我的身体。如果使劲拍打能让这疼痛消失，我定会毫不犹豫地干起来，可我甚至连一根手指都移动不了。我像死了一样，只剩下大脑还活着。

周围，杂乱的脚步声不绝于耳。我以为爸爸带着药回来了——能够让我浑身不疼也不痒的药。我翻了个身。脚步声越来越响亮，越来越响亮，直到压过我的呼吸和心跳声。“嗵，嗵，嗵……”它越来越近，越来越近。随后，门缝下面出现了一团黑影。

“咣，咣，咣。”有人敲门。可我无力答应，更无力去开门。后来，敲门的人发火了，开始一脚一脚地踹门。天啊，整栋小屋都在跟着发抖。屋顶摇摇欲坠，碎渣子稀里哗啦地散落下来，原来的窟窿变得更大，但更多的光线透了进来。林子里到处都有破裂之声。

突然，“砰，砰——”震耳欲聋的两声枪声响起，门上的螺丝飞了出来，掉进我双脚旁边的一个桶里。清脆的声音在墙上弹来弹去，穿过光和影钩织的网，直到变成一只无形的手把门推开。光明！炫目的光明像洪水一样倾泻而入。刹那间，我的眼前只剩下一片斑斓的紫色光点。

慢慢地，我看到了一双黄色的眼睛，一截矮小黝黑的身躯，一个大肚子和两条细腿。这家伙的胳膊、腿儿可真瘦，短裤穿在他身上就像女人的裙子，衬衣干脆像女人的连衣裙，从肩膀上一垂而下。与身体相比，他的脑袋简直大得离谱，连脖子都有点不堪重负，所以他的头不是歪到左边，就是歪到右边。

我看着他，他也看着我，但他看见我并不像我看见他一样感到意外。不过，他脸色阴沉得格外吓人，鼻孔一张一翕，像狗一样嗅着空气。我们对视了仅仅一秒钟，这家伙便大步走向我。“嘭！”他不由分说地打了我一拳。

一拳之后，他并没有停下的意思，于是一拳接着一拳，像大砍刀的刀背砸在我身上。我疼得想大叫，可胸膛里的空气仿佛全被他打了出去，无论怎样都发不出声音，况且他紧接着就扇了我一个大嘴巴。我尝到了血的滋味，肚子里更是翻腾得厉害，我想我马上就要吐了。

大地似乎都在颤动，腐烂的水果从架子上震落下来，周围的一切好似转眼就将变成粉末落在我们身上。他抓住我的腿便往外拖，简直要把我的整条腿生生拽掉。我无力反抗，就这样被他从小屋里拖了出去，拖进光亮，拖进泥淖。

来到光亮中，我终于又可以呼吸了，只是胸口好像缩成了一团，要使出吃奶的力气才能吸进一点点空气。我剧烈地咳嗽起来，直咳得眼冒金星，泪如泉涌。整个世界一下子来到我面前。我抬头望着灰色的天空从高高的绿柄桑树的树顶之上缓缓飘过。而大树之下，许多小树争先恐后地朝着有光的地方攀爬。树叶上残留的雨水，在阳光下像珠宝或玻璃一样闪闪发光。公路旁的野草有一人多高，颜色比我以前见过的任何一种草都要鲜绿。这使我想到了庆祝，舞蹈，欢呼，歌唱。人们快活地喊着：“卡伊！卡伊！”我以为自己终究是死了。

这个拖着我的男孩儿就是精灵，我应该感谢他把我带进精灵的国度。可是，我还没有来得及张口说话，他已经把我丢进了烂泥之中。

离我不远的地方停了几辆卡车。其中两辆横在路中间，其他全部停在路边。罩在卡车车顶的帆布破破烂烂、千疮百孔，车身油漆脱落，斑斑锈迹如血一般。于是，在我眼中，那些卡车仿佛忽然变成了受伤的动物。

卡车周围站了许多士兵，一个个像鬼一样。他们有的穿着迷彩服，有的穿着T恤衫和牛仔裤，但看上去其实差不多，因为全都破烂不堪，像叫花子一样。个别人穿着真正的靴子，而其他人则多半穿着拖鞋。有的士兵呈立正姿势，双腿并得笔直，让人怀疑他们是不是没有膝盖。有的人在对着卡车撒尿，而有的人则尿在草丛里。不过，几乎所有人手里都拿着枪。

把我暴打一顿并拖出来的那个男孩子跑向了第一辆卡车。来到车门前，他深深鞠了一躬，上身和下身几乎呈直角，只是脑袋仍旧晃来晃去。停顿有一秒钟的工夫，他又迅速挺直了腰板。这时，车门突然打开，他来不及躲闪，大肚子被撞了个正着。他像只小鸟一样向后飞上半空又落下，一屁股坐在路边的一个小水坑里。周围的士兵们发出一阵肆无忌惮的哄笑。

我躺在原地一动不动。尽管我很想爬起来，因为身上实在疼得要命，可我又害怕只要我一动，立刻就会有人过来再把我暴打一顿。

从卡车上下来一个男人，看样子应该是个当官的。我盯着他，还有他身上那件都快烂成布条的绿色夹克衫。他戴了一双特别脏的手套，颜色发黄或者发棕。帽子浸透了汗水，湿答答的，无精打采地被夹在胳膊下面。

我看着他从一辆卡车走到另一辆卡车前。那些卡车简直和废铁没什么分别：车漆掉光了不说，轮胎也一个比一个瘪。他在胎面上踩一脚便陷下去一个坑，松脚之后胎面又慢慢弹起。士兵们全都注视着他的一举一动，就连那些在周围持枪警戒的人也扭过头来看着他检查每一辆卡车。

他像个大人物一样不紧不慢地做着他的事，好让每一个看着他的人都知道他就是长官。士兵们望他的眼神中充满崇拜，仿佛望着一个国王。我的视线也从未离开过他的身体，哪怕一秒钟。

这位长官检查完最后一辆卡车之后，所有人都聚在了他身边，并跟着他一起向我这边走来。他们的影子遮天蔽日，他们的腿像篱笆一样把我围住，谁都不说话。长官不屑地瞪着我，好像我是一只不起眼的蚂蚁或别的小虫子。他问："这家伙是谁弄过来的？"可是，没有人回答。

他又大声问了一次："谁能告诉我，地上为什么躺了这么一个家伙？"

那个找到我的男孩子从我的小屋里跑回来，手里拿着几根比柏油路还要黑的香蕉。他用手擦了擦嘴上的香蕉肉，走到这个问话的大人物跟前。长官问他：“大力神，是你找到这家伙的吗？”那男孩使劲点了点头，仿佛能被长官看到是一件特别骄傲的事情。

“嗯！大力神？是你吗？”大人物又确认了一遍。“嘿嘿！嗯！”随后，他转身训起其他的士兵们，“这么说，找到这家伙的不是你们这群大人，而是这个瘦得皮包骨头的小孩子了？”

我纹丝不动，好像这一切与我无关。长官挥了下胳膊，大声问：“你在哪儿找到他的？”他的声音铿锵有力，震耳欲聋，但又好像留着一半的劲儿在喉咙里。大力神指了指我的小屋。“有这种事？”长官不相信似的连连摇头。“副官在哪儿？”他喊道，“副官！副官！”灌木从里有人答应了一声。

草丛一阵抖动，从里面蹿出来一个人。这人一手提着裤子，一手拿着枪。他的皮肤黄得像金子一样，胡子上的汗珠闪闪发光。他跑向我们，看到躺在地上的我时，立刻停了下来，且一脸迷惑。随后，他懒懒地敬了个礼，和其他人关节失灵一般的敬礼截然不同。

“报告司令官！”他喊得虽然很大声，但听起来却软绵绵的，像在发牢骚。司令官对他说：“过来，过来。”副官走到司令官近前，后者又大声问道：“你干什么去了？”副官不吭声。“你不知道？”司令官又问。“知道，长官！”副官回答，“我在草丛里拉屎。”司令官揪住副官的耳朵，把他疼得龇牙咧嘴。“你给我竖起耳朵好好听着。”司令官训道，“就算拉屎，你也不能耽误我的时间。你是不是男人？干吗要像女人一样跑到草丛里拉屎？想拉屎就给我在路上拉。不管什么情况都不准离开这条路。听明白了没有，副官？”副官拼命点头，嘴里不停地喊着：“是，长官！”其他士兵全都痛苦地忍着笑，他们有的跺脚，有的假装咳嗽或者打喷嚏。

“你能不能告诉我这是怎么回事？”司令官指着我问他，“你让大力神把这家伙揪出来干什么？”

“哦，天啊。我真是糊涂。”副官说，“哦，他一定是间谍。哦，我们一定中埋伏了。打死他好啦，然后赶快离开这儿。”

“闭嘴！”司令官吼道，“谁问你要怎么处置他了？白痴。要是有人伏击我们，我们就把他们全都消灭掉。”

所有人都笑了起来，甚至包括司令官本人。只见副官脸上一阵红一阵白，牙齿咬得咯咯直响，恨不得把司令官一口吞掉。他小声嘟囔着什么，拳头握得紧紧的。

司令官在我身边单膝跪下，对我笑着，把一嘴布满豁口的大黄牙露给我看。他的牙龈黑乎乎的，但眼睛却红得像血。他的鼻子又大又挺，鼻头像个圆圆的电灯泡一样垂在厚厚的棕色嘴唇上面。他伸出戴着手套的手，捏住我的脸，力量似乎很大，但又似乎很轻柔，好像很关心我的样子。他看着我身上的血迹、灰尘、蚊虫叮咬的肿块，以及我被拖来时沾的满身泥浆。随后，他啧啧咂了几声舌，对大力神说道：“你打算吃了这家伙吗？”大力神摇摇头。从他找到我的那一刻起，我还没有听这男孩子说过一句话。

到现在为止，我已经知道了谁是大力神，谁是司令官，谁是副官。可还有那么多人始终没有开过口，让我不由得怀疑他们可能是哑巴。司令官转向我。“想不想喝水？”他温和地问。可我没有回答，因为此时的我灵魂已经出了窍。

我飘在自己的身体上面，像个旁观者一样目睹着这一切。周围的世界变幻出许多种色彩，我听到有人在说话，但说的却仿佛是另一种语言。我就像漂在水面上的一片叶子，直到忽然之间沉入水底。我感觉到了冷，感觉到潮湿，还感觉到了身体的沉重。

“大力神，”司令官命令道，“去拿点水过来。”大力神跑向最后一辆卡车，爬了上去。随后，司令官又问我：“你饿不饿？渴不渴？”因为这会儿我感觉已经好些了，头脑也清醒了许多，所以我摸着自己的肚子，使劲点了点头。

于是，他说：“这好办。你饿了，我可以给你吃的；渴了，我可以给你喝的。不过在此之前，你得先告诉我你叫什么名字。我不可能和一个连名字都不知道的人坐在一起吃东西啊，你说这样合适吗？你听明白了没有？”我只是点头，此刻我还说不出一个字。

“你有没有名字？”他把脸凑到我面前说。我绞尽脑汁回想我的名字，但却什么也想不起来。这时，司令官有点生气了，他指着自己说：“我是司令官，每个人都叫我司令官。别人都叫你什么？”

司令官把手放在腰带上，故意让我看见他那把乌黑的手枪。我晃晃一团糨糊似的脑袋，拼命思索。我想哭，还想尿尿，可我知道要是我现在尿出来，他定会一枪崩了我。所以，我摇晃着脑袋，盯着他血红的眼睛。

终于，我想起来了，村子里的人好像都叫我阿古，因为爸爸就是那样叫我的。我低声念叨着“阿古”这两个字，并吃力地对他说：“我叫……阿古。”司令官微笑着从手枪上移开了他的手。“阿古是吧？”他说，“他们叫你阿古？那好，我也叫你阿古。”我终于可以顺畅地呼吸了，我的头也不再疼得那么厉害，毕竟我已经可以思考了。感谢上帝，我还活着。

司令官和颜悦色地转向他的士兵们，大声问："看到公路上这个家伙没有？你们看到他了吗？"所有人都声嘶力竭地吼道："看到了，看到了！"司令官摸着自己的胡子，用指甲剔着藏在须间的脏东西。他的目光从一个士兵身上移到另一个士兵身上，大家全都一声不吭。

"把水拿来！"他喊道。大力神立刻把一个有着红色盖子的蓝色小油桶递给了他。司令官从胸前口袋里掏出一块脏兮兮的手帕，用水湿了湿。然后，他一手扶住我的后脑勺，另一只手用手帕擦起了我的脸，嘴里说着："既然你要和人一起吃东西，那就要干干净净的。"水接触到我脸上的伤口以及被蚊虫叮咬的地方，立刻蜇得生疼。我想叫喊，可他微微笑着，舌尖在两排牙齿间若隐若现，仿佛此刻他正在清理一件宝贵的古董。

我口渴极了，伸手去抓装水的油桶，但司令官把它高高举起，直接把水倒在我的脸上和嘴巴里。那水里透着一股子塑料和煤油味儿，而且还混着许多细微的沙粒，可我不在乎，甚至感觉它像泉水一样甘甜清冽。

副官又是跺脚又是哼鼻子。司令官又问我："你怎么会像只死老鼠一样睡在路边呢？副官怀疑你是个间谍。你是间谍吗？"

副官咬牙切齿地嘟囔着什么。他恶狠狠地盯着我，仿佛只要一声令下，他立马就能把我千刀万剐，剁成肉酱。"你到底是干什么的？"副官冲我吼道。

"你给我闭嘴！"司令官立刻喝止了他，"谁让你说话了？你这个蠢货！"而后，他继续对我说道："你倒是说说看，你躲在那么一间小茅屋里干什么？你得如实告诉我，你是不是间谍？要是你不说的话。哼哼。"他从腿上的一个口袋里掏出一把刀。那把刀有着黑色的刀柄和刀身，唯独刀刃明晃晃的，闪着骇人的寒光，仿佛一根头发落在上面也能断为两截。

我被刀刃的反光刺得睁不开眼，心里更是害怕到了极点。只听他继续说道："要是你不说的话，我就把你交给我的副官。你看看他。连我都想象不出他会怎么折磨你。所以，你最好还是告诉我，那样我才能帮你。"

我被刀刃闪得连眨了几下眼睛。这时，我觉得舌头比刚才灵活了些，心想也许可以开口说点什么了。“我爸爸让我跑。”我对司令官说，“他说跑得越远越好，免得被敌人捉住活活打死。后来，我躲进了灌木丛，往这边跑一阵，往那边跑一阵，我不知道该往哪里跑，也不知道跑到了哪里。”

副官又在不屑地哼鼻子了。

“嗯。真是这样？”司令官说，“那你爸爸在哪儿呢？”其他士兵全都向前探着身子，一双双眼睛死死盯着我。他们的目光就像成千上万只昆虫在把我叮咬。

“我不知道。”我回答说，并极力忍着不哭出来，以免让这些人觉得我是个傻瓜，“他说他会找到我的。”

司令官抿着嘴唇，轻轻摸了摸我的脸。他抓住我的手，把我从地上拉起来。“你想当兵吗？”他用柔和的声音问我，“你知不知道当兵是什么意思？”

我想起战争之前和妈妈去城里时曾经见过军队。他们穿着崭新的军装，腰里别着明晃晃的刺刀，肩上扛着枪，像阅兵时那样随着小号和鼓点的节奏行进，嘴里高喊着“左右左，左右左”。于是，我点点头，表示知道。

“如果你跟着我，我会照顾你。我们会一起同那些杀害了你爸爸的敌人战斗，为他报仇。你听见没有？”他停下来舔了舔嘴唇，“你听见没有？一切都会好起来的。”说这些话时，他几乎趴在了我的耳朵上。我甚至能听到他的舌头在嘴巴里搅动口水的声音。他的手轻柔地抚摸着我的脸。我茫然地注视着他的笑容，又看了看那些拿着刀和枪的士兵，忽地想起爸爸为了躲避敌人的子弹而不得不像跳舞一样上蹿下跳的情景。

我该怎么办呢？

所以，我答应了。就这么简单。我成了一名士兵。

第二章

副官说：“什么都不要想。一切顺其自然。”他说，“只要你一开始思考，脑袋就会变得像地上的烂果子一样不中用。”

司令官说：“打仗就像谈恋爱。空想是没有用的，你得上。”

我相信他的话。除了相信，我又能怎样呢？

他们都说：“别担心，别担心，会轮到你的。很快，你就能知道杀人是什么滋味了。”说完，他们就对着我笑，还朝我身边吐口口水。

部队在公路上停了下来。我和大力神坐在一辆卡车后面，四条腿在车厢外荡来荡去。头顶的太阳晒得我们大汗淋漓，浑身上下没有一片干的地方。微风从耳畔轻轻拂过，即便掠过皮肤也感觉不到一丝凉意。我看着大力神，回想着自当兵以来学到的全部东西。

我已经学会了如何随部队行军，左右左，左右左；如何在灌木丛中隐蔽，身体一动不动，任谁都发现不了我藏身的地方；如何轻手轻脚地走路，避免暴露自己的行踪；还有跑步、跳跃、翻滚、唱所有的军歌。我们干活儿或行军的时候总是唱着歌。我很喜欢那些大人，喜欢他们持枪的姿势。他们个个看起来都很威武，就像电影里那样。我努力模仿他们的样子。

不过有时候，我也会想家，想我的爸爸、妈妈和妹妹，越想心里就越难受。还有大力神，我一直都很纳闷儿，自从我当兵以来还没听他说过一个字呢。问他问题的时候，他也总是用点头或摇头来回答。所以，我便经常问他问题，引他说话，即便现在我们无所事事地坐在车厢后面。“你是大力神吗？”我问。他点点头。“你有爸爸、妈妈吗？”他摇了摇头。“你喜欢芭蕉吗？”点头。“鱼呢？”点头。“梨？”点头。“你是个傻瓜吗？”摇头。“你为什么不说话？”没有反应。“杀人是什么感觉？”没有反应。“大力神！”我叫道。他呆呆地看着我。

这时，一个叫霍普的侦察员叫喊着跑上公路。他刚从灌木丛里钻出来，一边跑，一边大叫：“他们来啦！他们又来啦！”往坡上跑时，他还跌了一跤。他浑身的肌肉好像都不听使唤，想停都停不下来，而且他的枪哐哐哐地砸着他的背，像鞭子一样赶着他越跑越快，越跑越快。我禁不住哈哈大笑起来，因为他那样子看起来就像个疯子。不，是像头发了疯的骡子。

司令官饶有兴致地看着侦察员没命似的跑上坡。对于后者报告的情况，他只是“嗯”了一声。我看见他双手合十，微微一笑。他也出了一身的汗，衬衫早被汗水湿透。副官见势不妙，撇下司令官不管，自己找地方躲藏去了。

司令官凝眉思考起来。我很喜欢看他思考的样子。他一只手插进长长的头发里，另一只手捻着几根胡须，像在笼子里一样踱来踱去，尽管我们站在开阔的平地上。很快，他开始大声地发号施令了："把这辆卡车开到路那边！把那辆卡车停在这里！全体士兵各就各位！你，藏到林子里去，抓紧时间！快，快，快！"

听到他的指示，所有人都毫不犹豫地行动起来。栖息在林子里的小动物被我们惊得四散而逃，有的甚至蹿上了公路。蜥蜴、田鼠，还有青蛙，动物们蹦着、跳着、跑着，像无头苍蝇似的乱冲乱撞。大力神拿着他的大砍刀，跑到横在路中间的那辆卡车的车轮后面躲了起来。我跟着他跑过去，因为我也不知道该往哪儿跑。不过，我并没有和他藏在同一个轮子后面，因为那轮子并不是很大。

大家各自寻找藏身的地方，一时间，场面有些混乱。不过，周围很快就安静了下来，让人感觉这里除了几辆抛锚的卡车，就再也没有别的人了。即便在战争之前，这种情况也很常见，而如今就更是司空见惯了。因为打仗，很多零件紧缺，车子坏了便很难再修好。

我躲在车轮后面，手里拿着刀，静静地等着。这里到处都是蚊子，它们在半空中盘旋来盘旋去，好像也在等着什么。如果它们靠近我，我就用手打它们。不过，那只是白费力气，因为蚊子实在太多，打是打不尽的。

我从轮胎后面偷偷向外望，远处公路上的空气像湖水一样轻轻浮动，仿佛扔块石子就能溅起几片水花。随后，我看到了几辆小卡车，像牛车一样慢慢悠悠地朝我们这边驶来，越走越近，越走越近。

他们并没有察觉有什么不对劲。我差点忍不住要笑起来，可与此同时，我也紧张得要死。我的心跳得非常厉害，因为我也不知道接下来会发生什么。卡车上的人丝毫不知道他们正渐渐走进埋伏圈，仍旧像群白痴一样懒懒散散地向我们走来。

第一辆卡车在离我只有几米远的地方停了下来。我能看到开车的司机。阳光照在挡风玻璃上，激起一片白花花的反光，车舱内倒显得昏暗起来。

司机旁边坐着一个穿军装的男人，正不知打着什么手势。他的脸因为恐惧而扭曲成一团，看起来好像那整张脸（鼻子、眼睛连同眉毛）都要被他那两片厚厚的嘴唇给坠下去似的。他们两个你看看我，我看看你。司机忽然一头扎了下去，消失在方向盘后面。

我想起了那些袭击我们村子的军人，手里的砍刀握得更紧了。我喜欢握着刀的感觉，仿佛它成了我身体的一部分，与我融为一体。

我看看车里的人，又看看大力神，默默对自己说："我已经准备好杀人了。"可我的手不由自主地放在了裤裆里，因为我突然有种想尿尿的感觉。我的心扑通扑通直跳，还有些喘不过气来，但我不停地给自己打气，上帝会保佑我的。我已经做好了准备。

我静静地观望着。

敌人根本就没有打算战斗。他们看上去疲惫不堪，甚至连战斗的意识都没有。还没看到我们埋伏的士兵，他们就已经连三赶四地从车上跳下来，一个个仿佛要哭的样子。“别开枪！”穿军装的那个男人喊道，“我们没有武器，没有食物，没有钱，也没有弹药。我们什么都没有！请放过我们吧！”

我数了数。他们一共20个人，每个人看起来都和行尸走肉没什么分别。很多人的衣服和皮肤上都沾着血，有的连眼睛上都是血，但我不知道那是他们自己的血还是别人的血。他们步履缓慢，像拄着拐棍的老人家。

领头的那个人继续喊着：“你们看，你们看！我们手里没有枪，没有武器！”

公路上短暂安静了一会儿，随后我便听见司令官在路边的草丛里喊道：“第一，这里是我们反抗军的地盘，你们属于非法闯入。第二，脱掉你们的衣服放在路上。第三，脸朝下趴在地上，伸出双手。十秒钟之内如果不按我的要求做，我们就开枪打死你们。听明白了没有？”

敌人们面面相觑。我开始数数，从一数到十，可他们并没有脱掉衣服。接着，我就听到“砰”的一声，像一百万个人同时拍手，然后又当的一声，子弹打在了敌人的卡车门上。敌人们仍旧你看我，我看你，有些还在窃窃私语。司令官在草丛里又喊了起来：“还愣着干什么？我说了，脱掉你们的衣服！所有人，马上脱掉你们的衣服！”

敌人们似乎这会儿才反应过来，三下五除二便脱掉了各自身上的衬衣和裤子，随手丢在地上。他们赤裸的身体上全是汗水，在阳光下亮晶晶的，成群的蚊子开始向他们包围过去。他们中有些人穿了内裤，但上面遍布大窟窿小眼儿，仅够勉强遮挡住他们的隐私部位。而另一些人则连内裤都没有穿，只好用双手捂着裆部，免得那里暴露在外被人看见。

“趴下！”司令官喊道，“把手伸出来放在地上！”他们立刻乖乖地照做了。我看到其中一个敌人在哭，眼泪和鼻涕流得满脸都是，嘴里还在小声念叨着什么。我猜他大概在说：我不想死，上帝保佑，我不想死。可惜我离得太远听不清楚。我看着他，觉得他很可怜，可忽然之间我又想到了我的爸爸。

司令官浑身是汗，面带微笑地从草丛里走出来。他手里端着枪，随时准备干掉某个不听话的家伙。其他人也跟着他从各自藏身的地方钻了出来。转眼间，敌人就被我们包围了。大力神也从轮子后面爬了出去，我只管跟着他。他把敌人的衣服全都收起来，抱到我们的卡车上。

蚊子的包围圈越缩越小，越缩越小。

“谁是领头的？”司令官问他们。可没有人回答。他走上前去，用枪戳了戳那个最先喊别开枪的人。“你说！你们的武器呢？”司令官厉声问，“起来！武器弄哪儿去了？”

那人说：“我们不想惹麻烦。我们没有武器。”司令官说：“瞧啊，这个敌人的走狗说他们不想惹麻烦。”除了我和始终安安静静的大力神，其他人都咯咯咯地笑了起来，好像他们听到了全世界最好笑的笑话。

司令官对着那人的肚子狠狠踢了一脚。挨踢的人扑通一声跪下去，吐了一地。

司令官下令说：“搜查他们的卡车，搜查他们的卡车！”于是，我们这边有三个士兵跑过去开始搜查对方的卡车。这时，司令官扭头对我说：“阿古，你过来。快过来。”然后，他又命令敌人的首领跪下，尽管那人已经跪在地上，正吐得一塌糊涂。我愣着一动不动，因为我很害怕。今天，我不想杀人。我永远都不想杀人。

“傻瓜！”司令官说，“快拿着你的砍刀过来！”我还是纹丝不动。司令官走过来一把抓住我的脖子。“你这个白痴！”他吼道，“给我过来！过来！”他把我拖到对方首领跟前。“看到这只走狗没有？”他继续吼着，“你想成为真正的士兵吗？嗯？那好，杀了他。现在就杀了他！”

我吓得哭起来，浑身也跟着不停地发抖。我脑子里喊着：“不行！不行！不行！”可嘴上却什么都没有说。我心里想，如果杀了人，我就要下地狱，地狱里到处都是火和烟，会熏得我喘不过气的。所以，我只是站在原地，一边哭，一边哆嗦，还不时拿眼睛看周围的人。

这时，我看见一个敌人试图逃进林子里。他的鸡鸡在两腿中间晃来晃去，屁股蛋子左摇右摆。紧接着便传来一声枪响，只见那人腿上被子弹生生撕掉了一块肉，落在公路上，随即他整个人一声不吭便栽倒在地。他既没有尖叫，也没有哭喊，但身体仍在动弹，用两条胳膊和一条腿拖着赤裸的身体挣扎着往前爬。他倒下之后似乎便没有人再多看他一眼，但我仍能听到他蠕动的声音，像蜥蜴在屋顶上爬。

我手捂着裤裆，双腿抖得厉害。我想吐。

“都不许动！”司令官大喊，“谁敢逃跑就打断他的腿！听明白了没有？”

“求求你，长官。求求你了。我们什么都没干！”那个敌人像牛一样趴在地上喘着气说，“求你了，长官！”他的眼泪簌簌地流下来，和汗水混在一起，蜇得他不停地眨眼睛，“行行好吧，长官。别杀我们。把我们抓起来好了，我们愿意当俘虏。求求你了，我们真的什么都没有。”

“长官！”我们的一名士兵从敌人的卡车上跳下来，一边喊一边跑过来。司令官的目光从敌人首领移到了这名士兵身上。他把四支枪丢在司令官面前，两支大枪，两支小枪。而后，士兵双手一摊，表示除此之外便再没有找到别的东西。司令官的眼中闪过一道冷光，他反手抽了敌人首领一个大嘴巴。

“你是个骗子！”他吼道，随即又是一个大嘴巴，两下，三下。“骗子加白痴！像驴一样蠢的家伙！”

那人被打得跪趴在地上，嘴里吐出一口鲜血。司令官又接连踢了他几脚。我耳朵里只听见哐哐哐的声音。这时，司令官解开腰带，掏出了他的鸡鸡，并对我说：“看见了吗，阿古？对待敌人就应该这样。”随后，我便听见哗啦哗啦的响声。司令官一边对着敌人撒尿，一边冲我挤眉弄眼。

“啊……”他舒服地叫了一声，提上了裤子。周围的人全都哈哈大笑。“看到这个蠢货了吗？你给我起来！”然后，他又对那敌人说，“跪下。快点跪下！”

其他敌人都趴在地上，头都不敢抬一下。有些人被吓尿了，空气中很快就充满了尿臊味儿。我连续吐了几口唾沫，因为嘴里的唾沫实在太多了。

“砍死他！”司令官在我耳边说，并高高举起我拿着砍刀的那只手，“砍死他！”

那个敌人看着我，一个劲儿地求饶：“求求你，不要杀我！上帝保佑你！不要杀我！”他只要一张嘴说话，唾沫和血就喷得到处都是。接着，他也被吓尿了，而且他似乎根本控制不住。

“看见这个人没有？”司令官说，“看看他。他根本就不是人。当着我们的面就撒尿，这和山羊，和狗有什么两样？”他抓着我的脖子，在我耳边轻声说道：“杀了他，别耽误事儿。如果你不杀了他，副官就会怀疑你是间谍。谁知道他会不会枪毙你呢？”他捏了捏我拿刀的手。我的手指和掌心能感觉到结实的木柄。“就像杀羊一样。”他说，“只管抬起胳膊使劲砍下去。”

他抓着我的手，举刀猛地砍在那人头上。我顿时感觉有股电流袭遍全身。那人疼得惨叫起来：“啊……”声音比开枪还要响亮。他双手捂住头，可那无济于事，因为他的脑袋被劈开了一道缝，血像椰子里面的椰汁一样汩汩往外冒。

周围响起一片笑声，我看着那人徒劳地把劈开的脑壳合在一起。他的叫声吵得我心烦意乱，于是我再次举起砍刀，用力砍了下去，一下，两下。我脑子里一片空白，眼前只剩下一片粉红，耳朵里除了咔嚓咔嚓刀砍在肉和骨头上的声音，还有其他人肆无忌惮的哄笑。

除了脑袋，我还砍了他的肩膀、胸口。每一刀下去，司令官脸上都会露出满意的微笑。大力神也过来帮忙，在众人的围观和哄笑声中，我们两人在那人身上不知砍了多少刀。世界在我们周围好像放慢了速度，我能看见飞舞的鲜血和汗水。

鸟儿们扑棱着翅膀飞离树梢，声音像打雷一样震耳欲聋。成群的蚊子在我耳边嗡嗡直叫，我的腿上和脸上溅满了血。此时，敌人早已血肉模糊，他的额头塌陷下去，脸已不再是脸的样子，因为整个脑袋都碎成了一块一块，只剩下一团令人恶心的血、肉和脑浆。

我吐得到处都是。我忍不住。司令官说杀人就像谈恋爱，可我并不理解他的意思。我只觉得有把巨大的锤子砸着我的脑袋和胸口。我的鼻子和嘴巴里奇痒难耐，眼睛看到的地方尽是绚丽的色彩，肚子里出奇地难受，好像吐空了一样。可我裤裆里的小鸡鸡却硬邦邦的。难道这就是恋爱的感觉吗？

后来，我瘫倒在地上，看着同伴们把敌人一个个消灭：他们砍掉一个人的胳膊，然后用那胳膊去砸另一个人的脑袋。那个腿上挨了一枪的家伙仍在吃力地爬着，好像他能爬到哪里似的。他身后的路上留下长长的一道血迹，就像汽车漏的油。我还看见无数只蚊子在我们头顶盘旋不去。

第三章

我不是坏孩子。不是。我是士兵。杀人的士兵是好士兵。我这样告诉自己，因为士兵的天职就是杀人，杀人，杀人。这样一想，就算我杀了人，我也只是在做该做的事。我不停地唱歌给自己听，因为一旦安静下来，我脑子里就会出现各种声音说我是坏孩子。它们来自四面八方，像蚊子一样在我耳朵里嗡嗡直叫，挥之不去。

每当听到这种声音，我都感觉自己的心快被剜出来似的，肚子里更是翻江倒海。所以，我只好唱歌。

士兵，士兵，

杀，杀，杀；

在杀戮中生存，

在杀戮中死亡。

我经常用这首歌来安慰自己，麻痹自己，同时也提醒自己：杀人是士兵的天职。可效果并不理想，因为我仍然觉得自己是个坏孩子。于是，我就想，我怎么能做坏孩子呢？我，坏孩子——因为做了坏事而战战兢兢，时刻担心着上帝的惩罚。

我曾跟着爸爸、妈妈学习认字和读书。那时我还很小，妹妹甚至还没有出生。我经常坐在厨房的地板上看妈妈洗盘子。傍晚的时候，我就看着她撅起屁股，胸脯几乎贴在膝盖上，一丝不苟地打扫厨房。她把厨房收拾得干干净净，连果蝇都懒得去里面产卵。

因为我特别喜欢书，妈妈就经常叫我小教授。当我拽着她的裙子央求她带我去看书时，她就会对我说：“等两分钟，我的小教授，就两分钟。”然后，她便锁上门，拉着我的手走向堂屋。爸爸在屋里，要么在睡觉，要么在听广播，他一向如此。

我和妈妈轻手轻脚地走进去，从客厅正中间的木桌子上拿起火柴，点上灯。这一切总是让我激动莫名，因为在我看来，那如同一个漫长而神圣的仪式，直到最后妈妈走到书架前假装寻找合适的书。书架上摆满了大大小小的书，而且书皮五颜六色：红的、黄的、蓝的、棕的。但每次我最想让妈妈从书架上拿下来的，也是我最想听她读的，是那本厚厚的、可以让很多书依靠的白皮《圣经》。那本书特别大，而我又特别小，甚至拿都拿不动它，但我很喜欢它柔软的封面和烫金的书名。

它之所以成为我最喜爱的书，不仅因为样子好看，还因为里面的故事令我着迷。只要妈妈的手一碰到它，我就马上兴奋地大喊："就是它，就是它！"于是，妈妈立刻连声嘘我，让我不要大声，免得吵醒了爸爸。

接着，妈妈就坐在我们最喜欢的那把椅子上，我坐在妈妈腿上，一起看书里小小的文字。她的下巴经常搁在我的肩膀上，轻轻念书时，我能感觉到她的嘴唇在我耳边不停地蠕动。妈妈念书的速度很慢，因为她不像爸爸那样是个老师，能看很多书。

她上学的时间并不长，但她总是说，她认的字已经足够让她阅读对人生最重要的那本书了。也正是这个原因，牧师才格外喜欢她。

她给我读该隐杀害亚伯的故事，上帝探访亚伯拉罕的故事，约拿在鱼肚中祷告的故事。她还给我读过上帝如何磨炼约伯，最后又如何奖赏他，以及大卫如何杀死巨人歌利亚，等等。尤其是大卫与歌利亚的故事，每当妈妈读起时，我脑子里就会想象出千军万马对阵的情景。

士兵们金色的铠甲在阳光下闪闪发光，歌利亚站在阵前骄傲地大笑，最后被大卫割下了脑袋。

妈妈读这些故事的时候，我总是浮想联翩，心想有朝一日我也要做一个勇士。妈妈读书时，我会不停地指着书里的字问她："这个怎么念？""这个又怎么念？"于是，她便教给我。久而久之，我也学会了不少字。我几乎每晚都会缠着妈妈为我读书，一直读到她说："好了阿古，今天就到这儿吧，我的眼睛都累坏了。"

妈妈不在家的时候，我就自己从书架上取下《圣经》来读。尽管妈妈每晚仍为我读书，但实际上我自己已经可以独立阅读了。后来，当爸爸下班回家，换上短裤和汗衫，坐在他最喜欢的椅子上听广播的时候，我就为他读我自学的《圣经》里的故事。我想让他知道：我已经到了上学的年龄，可以去学校学习更多的知识，以便将来也能像他一样成为一个有学问的人，受到全村人的爱戴。所以，我就天天缠着他问："明天我能去上学吗？明天我能去上学吗？"而他总是对我说："等等，再等等。嗯，阿古，你为什么那么想快点长大呢？"

于是，我又跑去找妈妈，求她送我去学校。因为上学心切，每次求她时，我都急得痛哭流涕。她对我说：“阿古，你要是像现在这样，就算去了学校也会被其他人笑话的。”所以爸爸下班回家时，我首先会问他学校的情况，然后就问我什么时候才能上学。他让我把右手举过头顶，去摸我的左耳朵，可当时我还太小，做不了这个动作。于是，他就说：“阿古，你现在还不能上学。”

直到有一天，我跑到爸爸跟前说：“你看。”然后，我举起一只手，越过头顶摸到了另一侧的耳朵。他微笑着说：“好吧。”

第二天，我们就来到了小学学校。那里的小孩子全都穿着校服，男孩子穿红短裤、白T恤，女孩子穿红裙子、白T恤。我看他们每个人手里都拿着一个红色的笔记本和一支圆珠笔，整齐地排成一队一队，谁也不说话。男孩子们的头发都剃得干干净净，女孩子们都扎着辫子，猛一看，他们好像都长得一模一样。我也好想穿上崭新的校服，拿上红色的笔记本和圆珠笔。一想起那样的情景，我就激动得浑身发抖。

爸爸带我去见校长格洛丽亚夫人，并问她我能不能入学。她疑惑地打量了我一番，问爸爸说：“他？你不觉得他还太小吗？”我不服气地望着格洛丽亚夫人硕大的肚子和圆溜溜的脸蛋儿，真想告诉她说我之所以看起来小，全是因为她太庞大的缘故。但爸爸说：“不小。”格洛丽亚夫人没办法，只好答应了。

因为我爸爸是老师，妈妈又经常给我读《圣经》，还教我认上面的字，所以在其他孩子才刚刚开始学认字的时候，我就已经具备了阅读的能力。自然而然，我成了班里成绩最好的学生，很快就可以学写字了。

格洛丽亚夫人看我把别的同学甩下一大截，就让我升了级。于是，我就和一些年龄比我大的孩子坐到了教室后面的长凳上。同一条长凳，他们坐在上面时脚可以碰到地面，而我的两条腿却只能悬在半空。

学校只有一间大房子做教室。教室前面有块黑板，格洛丽亚夫人讲课时就站在黑板前。所有班级都在这一个教室里上课，而小学一到六年级的全部课程都是格洛丽亚夫人一个人教。她手里经常拿着一根宽大的木戒尺，哪个学生表现不好就敲他的脑袋。

我们每天都有一堂自习课，那时教室里总是安安静静的，低年级的学生全都趴在桌子上，高年级的学生则往他们的笔记本上抄写功课。我通常把功课留到回家以后做，所以自习时我就坐在那里想些别的东西。当然，多半是我从书上读到的。就那样想啊想啊，一直想到下课该活动的时候。

虽然上课时我和大孩子们坐在一起，但下课后我却喜欢和同龄的小伙伴们一起玩耍。我有一个特别要好的伙伴，他的爸爸是个工程师，所以他们家在村子里算得上是数一数二的有钱人。我这个好朋友名叫戴克，尽管我们同龄，但他的个头儿却比我高出许多，不过那并不影响我们的友谊。

这些都是战争之前的事了，现在回想起来简直像做梦一样。实际上，我经常梦见我的学校和伙伴，还会梦见格洛丽亚夫人，她顶着一头乌黑的、卷卷的假发。因为假发戴得不够牢靠，她不得不每隔一会儿就扶一扶，扭一扭。有些学生很讨厌格洛丽亚夫人，背地里经常取笑她，比如他们会挺起肚子，像只肥羊一样模仿她走路的姿势。但我很喜欢格洛丽亚夫人，她也喜欢我。每次帮她打扫完教室要离开时，她都会非常温和地对我说："阿古，一定要好好念书啊。只要你努力学习，将来就能上大学，长大之后就可以当医生或者工程师了。"

她的话总能让我欢欣鼓舞，因为我亲眼见过人们对医生和工程师是多么尊敬。我把这些嘱咐全都记在脑子里，但又不会让它们占据太多空间，毕竟我还小嘛。所以，即便每天得到这样的鼓励，我仍会跑到操场上和小伙伴们嬉戏玩耍。

在我们村子里，我有许多伙伴，因为他们都觉得我是个好孩子，不仅会做游戏，功课也门门优秀，所以他们都喜欢我，愿意和我交朋友。但不管怎么说，和我关系最好的朋友只有戴克。我们在村子里几乎形影不离。而在学校里，格洛丽亚夫人一讲完课，我和戴克就会冲到操场上，与别的男生们踢足球，可惜我们连个像样的球都没有。所以有时候，我们就赛跑，当然，最后赢的人总是我。虽然我只穿了一双拖鞋，但在操场上却照样跑得来去如风。

我喜欢上学，喜欢学校，但这一切在战争爆发之后便戛然而止了。学校被关闭，因为我们这个国家连政府都已经不复存在。

以前每个星期天我都会去教堂，就是我第一次参加主日学课堂的那一座。我和同伴们坐在教堂院子里的一棵大树下面。有时候，如果妹妹听话的话，我们也会带她一同前去。在那里，我们一起听修女们为我们读更多《圣经》上的故事——耶稣、约瑟、玛利亚……并劝诫我们要学会忍受苦难。随后，我们和神父一起祷告，请求上帝的宽恕。

我们还会唱很多圣歌，因为上帝喜欢听我们唱远大于喜欢听我们说，所以只要我们唱出来，他就能清清楚楚地听到。他们总是说，上帝尤其喜欢孩子，他在天上一直看着我们。

有时候，主日学课堂结束之后，我就跟着爸爸、妈妈走进雄伟的灰色教堂，听牧师挥汗如雨地宣讲教义。这种时候，爸爸、妈妈总是穿上很正式的衣服。而我多半会百无聊赖，一会儿感觉凳子上的木刺扎到了屁股，一会儿又望着头顶转个不停的吊扇，担心它会掉下来削掉我的脑袋。不过，该女人们跳舞的时候，我就立刻又精神抖擞了，因为她们跳舞的时候衣服会不由自主地垂落下来，所以她们不得不一次又一次地往上提。

等到往奉献盘里放钱的时候她们总是唱得格外大声。男人们则拖着慢吞吞的步子，深深低着头，下巴几乎抵在胸口上。

在我的村子里，星期天除了去教堂，我们还做许多别的事情。不用上学，也不用做家务，我和小伙伴们就发明各种各样的游戏打发时间。有时候，我们假装成大人的样子，学他们开汽车、开飞机，假扮医生，或者假扮蝙蝠侠。有时候，我们模仿电影里的画面，假装自己是士兵，用棍子当枪，玩打仗的游戏，被打中的人就倒在地上装死。这些游戏给我们带来了无穷的乐趣和欢笑。我们喊着叫着在村子里的大路上冲来冲去。小孩子们全都用羡慕的眼神望着我们，心想要是能加入我们该多好。甚至一些大人也会驻足观望，尽管他们一再呵斥让我们不要那么闹腾。不过从他们咬牙忍着笑的神态中我看出来了，他们并不讨厌我们那么做，因为说实在话，他们巴不得能和我们一样可以放肆地玩闹呢。所以那时，我们最常玩的就是打仗游戏。

我们都觉得当兵是世界上最美好的事情，因为枪看起来是那么不可战胜，电影中的士兵在杀人的时候看起来也是那么不可战胜。但是如今我知道了，当兵并不会使人变得强大，反而会使人变得弱小。没有吃的，不能想吃什么就吃什么，也不能像电影里那样想干什么就干什么，还要被迫做一些你不喜欢做的事情。可是这一切都是在我当兵之后才体会到的。

所以，我用唱歌来麻痹自己。

士兵，士兵，

杀，杀，杀；

在杀戮中生存，

在杀戮中死亡。

回想当兵之前的那些往事能让我好受些。既然以前的我是个好孩子，而现在的我又只是在做士兵应该做的事，那我怎么可能会是坏孩子呢？

第四章

又是一个早晨，和我们经历过的许多早晨一样。太阳以飞快的速度升上天空，我们还没有缓过神来就已经满身大汗。其实往四下里看看，地平线上有很多树，也就代表周围有很多诱人的树荫，可那又有什么用呢？远水解不了近渴。我把一丛枯草踩在脚下，望着四周密密麻麻的脚印。有些踩在泥里的脚印已经变干，看上去就像前一天夜里有人在这儿踢了一场足球，但我知道那根本是不可能的事，因为战争期间已经没有人再踢足球了。

我的脚很疼，腿也疼。我的膝盖受了伤，因为最近我们的训练越来越艰苦，仿佛每天从睁眼到闭眼就只做一件事：训练，训练，再训练。他们让我们跑来跑去，于是我们就跑来跑去，像上学时赛跑那样。他们让我们在草丛里匍匐前进，让我们之字形跑动，躲避假想中的子弹。我热得浑身是汗，累得骨头都快散了架，那种感觉真是要多难受有多难受。

我不喜欢这个地方，但司令官却对它钟爱有加，因为他说这里没有反抗。并不是司令官喜欢的所有东西我都喜欢，尽管按道理说我应该喜欢。不过，我很喜欢他那明晃晃的额头，还有几乎占据了整张脸并把上嘴唇都要遮住了的大鼻子。我喜欢他鼻子下的小胡子，也喜欢他下巴上的大胡子。他想事情的时候喜欢用手捋胡子，那姿势很帅。我也想长大胡子，那样就能像他一样捋着胡子想事情。也许那时，我就会有长大的感觉，再不会像现在这样天天觉得累了。如果你见过司令官，就会发现他其实也只是一个彪悍的大人罢了。

唉，这场战争让许多大人变成了小孩儿，让许多小孩儿变成了婴儿。他身材魁梧，个头很高，看他的时候就像看一棵大树。要是他往你旁边一站，能把整个太阳都遮住。他很健壮，我能看到他胳膊上的血管。看他走路很有意思，因为他的腿从来不打弯儿，好像那是两根柱子。

战争之前，离我们村子不远的镇上曾经有军队经过。我见过那些士兵如何走路，他们的腿也是不打弯儿的，所以我就相信司令官是个真正的军人。即便奔跑的时候，他的双腿似乎也不会弯曲。我看见之后就总想笑，不过没有人敢嘲笑司令官，因为那会让他不高兴，他不高兴了就会打人。有一次，他甚至把一个惹他不高兴的家伙给活活打死了。我们把那人丢在了路边。他圆睁着双眼，脑袋上有个很大的窟窿。

我们站在这片野地里，司令官在我们前面走来走去，大声喊着："我们是军人吗？"所有人同声回答："是，长官！""我们是军队吗？我们强大吗？我们骄傲吗？"

我们仍然回答："是，长官！是，长官！"于是，他便满脸微笑，但我知道他并不相信我们的话，因为有时候他会自言自语地说我们这群人已经不可救药，只配当炮灰。

我不知道为什么他总是气呼呼的，说我们没有士兵的样子。我们看起来的确不像士兵。总共一百二十来人，列队的时候几乎找不到穿同样衣服的两个人。有些人穿着绿色的迷彩服，看起来还稍微像那么回事，可大部分人都和我差不多，衣服上窟窿连着窟窿，线头和烂布条在风中飘来飘去。打死敌人或者发现尸体时，我们的人经常会为了一件衣服而吵得不可开交，有时甚至大打出手。

有些士兵穿着黑裤子、黑衬衣，衬衣的袖子上带着红道道，那是战争之前警察们穿的制服。这种衣服在野外可没什么好处，吸热不说，白天的时候还容易被发现。不过没人在乎这些，只要看上去像制服的衣服他们都乐意穿，况且有衣服穿总比光屁股强。我没有制服，因为我个头太小。我穿的是短裤和衬衣，那是有一次我们洗劫一个村子时抢来的。我好想有一条裤子，那样蚊子就咬不到我的腿了，可我一直没有找到合身的。不过我很喜欢身上这件衬衣，尽管它很脏，而且一天之内光卷起袖子这个动作我就要重复五六回，更别提它长得已经盖住了我的短裤。

有时候我就想，既然军队都有军装穿，但我们却没有统一的军装，那我们还叫哪门子军队呢？如果我们不是军队，那我们还怎么能说自己是士兵呢？也许这就是司令官对我们不满的原因，只是我那小脑袋瓜子还理解不到这一层。

司令官说我们计划袭击一个村子。这个村子在哪儿呢？我问自己。我们从村民那里又能得到什么？我想不明白，但我并不打算问他，要不然他又该揍我了。接着，他问我们恨不恨敌人。他每问一遍，我们就声嘶力竭地回答："恨，长官！"边喊边跺脚，有时候甚至跳起来喊。他又问："敌人是不是杀了我们的家人，还烧了我们的房子？"我们难过地小声回答："是，长官。"因为这一刻我们都想起了那些被我们抛在身后的家乡和亲人。

我想到了我那逃难的妈妈和妹妹。我不知道她们是死是活，如果现在她们突然出现在我面前，我甚至不知道自己还能不能认出她们。在路上每次遇到女人和小女孩儿的时候，我都会看得特别仔细，生怕错过了我的妈妈和妹妹。

司令官要求我们在14点之前做好准备。我忍不住想笑。谁都知道表上只有12个点钟，怎么会有14点呢？我向队伍后面望去，想看看大力神是不是也和我一样觉得好笑。只见他前倾着身体，张大嘴巴，冲我吐出舌头。这下我更想笑了，只是担心被司令官看见，只好生生憋在肚子里。

司令官仰着脑袋，脸像不锈钢一样发着光。“解散！”他大喊一声，便连忙钻到树荫下，而后沿着一条小路向我们临时搭起的营房走去。一些人跟着司令官，枪在背上一颠一颠，但谁也不出声。我们中间有不少这样的士兵，他们是司令官的死忠，司令官干什么他们就干什么；司令官让他们干什么他们就干什么，而其他一些人则拉着枪头，任凭枪柄拖在地上，像犁一样，晃晃悠悠地寻找阴凉的地方休息。我呢，我要去找大力神。

大力神坐在离大伙儿很远的一棵树下，拿着一根树枝在干燥的地上画画。他每次都画同样的东西：没有头的男人和女人，因为他们的头全都滚在地上。

“大力神！”我喊了他一声。他抬头看看我，不吭声。他从来不说话，自我当兵那天起就没有听到过他的声音。但现在我已经知道问题的所在了。他的画告诉我，自从他的父母被人杀害之后，他就再也没有说过话。起初，我不相信这是真的，所以经常诱他说话，哪怕发出一点点声音。但现在我为他感到难过，也渐渐习惯了他的沉默。既然从一开始他就这样，我也没必要一直奇怪下去。

大力神向旁边挪了挪，给我在树荫下腾出个地方。因为我比他高，所以我觉得自己应该比他大，不过在我们这里没人关心年龄的事。我们只知道在战争之前，我们都是孩子，而现在已经不是了。我看着大力神，他的皮肤有的地方是褐色的，有的地方是黑色的，看上去就像大家穿的迷彩服。所以，我一看到他就忍不住想笑。哈哈，大力神长得像件衬衫。

他在地上写了个“饿”字。我想告诉他我也饿。我的确很饿，可我没有说出口。营地里早就没吃的了。大力神把头枕在我的腿上，舔着干裂的嘴唇。他嘴唇上的血迹已经干了，亮晶晶的，看起来就像刚刚喝了一口红颜料。我摸了摸他的额头，又摸摸我自己的，看他是不是比我烫，但我们的额头一样热，所以我们应该都没有发烧。我们只是太累了。

大力神挥舞着拳头，我明白他的意思。我们都不想打仗，我们已经厌倦了这种生活。我对他说，战争总有一天会结束，到那时我们就可以住在一起，想吃什么就吃什么。“你在听吗？”我问。他毫无反应，就像没听见我说话一样。当然，他知道我在异想天开。战争永远都不会结束，但偶尔做一下梦也能让人倍感安慰。

这时，副官大声喊道："14点了！"我又听见司令官连声催促："好了！快点做好准备！该出发了，该出发了！"

随后，我们便爬上停在营地附近的卡车。那些卡车也和我们一样懒得不想动弹啊。它们的声音听起来就不对劲，发动机咔嚓咔嚓直叫，像病入膏肓的老人家在咳嗽。卡车车厢里装着长长的木凳子，就算你幸运地抢到了一个座位，也不免会被上面尖锐的木刺扎得屁股疼。如果没抢到座位，卡车开动的时候，脑袋就会随着颠簸被甩来甩去，你会觉得自己比别人提前一步上了战场。司令官坐在一辆小一点的卡车里，我很喜欢那辆车，因为那辆车要舒服得多。有时候，如果我们让他高兴了，他就会让我和大力神坐一坐他的车。当然，那仅限于有时候。大多时候，我们都得和其他士兵挤在大卡车上。

司令官通常这样分派人马："你，跟着我。你，跟着副官。你跟我。你跟副官。"分派的时候，我通常站在大力神旁边，因为我想和他分到一起。当然，我也想跟着司令官，因为他是真正的军人，跟着他要比跟着副官更有当兵的感觉。司令官开始挑人了。他挑中了大力神，但却没有挑中我。我想跟着大力神和司令官，不想跟着副官，坐他的破卡车，可在这里，不是你想怎样就怎样的。

我不喜欢副官，因为他是个胆小鬼。为什么说他是个胆小鬼呢？因为他的皮肤颜色很浅，而且发黄，他的父母中应该有一个是白人。但具体哪一个是白人，是爸爸还是妈妈，我就不知道了，因为很多时候我甚至怀疑他没有爸爸、妈妈。有一次，我曾听他说，战争之前他以卖鞋子为生，所以没机会上学。我还听他说，他的父母在他很小的时候就出车祸死了，父母死后他就不再卖鞋。我不信他的话，而且我觉得其他士兵也不相信。我认为他天生就是个卖鞋的，能在反抗军里当上副官是因为他行了贿。

我有我的依据，有一天，司令官骂他贪生怕死。后来，我听见副官发牢骚说，之所以当这个副官，是他以为当官的不用直接上战场。每当他靠近司令官，就会表现得像一只无家可归的流浪狗，战战兢兢，连句话都不敢说。

在战场上，他永远不会冲在前面，而总是躲在后面指挥别人，通常躲在卡车或者别的炸弹炸不到，子弹也打不到的障碍物后面。我还见他拿尸体做过挡箭牌，不过看别人也经常那么干，我对他也就没那么生气了。可不管怎样，我不想跟着副官，我怕跟着他会做个短命鬼，那样我就永远也见不到我的家人了。

我很生气司令官没有把我和大力神挑到一起。上卡车的时候，我一马当先，我不想站一路，到时候累得连冲锋都没有力气。我在车厢的一角坐下，靠着车厢板，这样别人就不能把我挤来挤去了。哼，谁也别想让我把座位让出来。

我们走了很长时间的路。透过木板条，我看见路边的树飞快地向后移动，公路像一条黑色的河流载着我们奔向远方。车子跑起来，我感觉身上凉快了许多，也没那么多汗了。虽然坐着，但我的脑袋仍被颠得甩来甩去，我不得不伸手扶住它。饥饿的感觉一阵阵袭来，我已经很长时间没吃过东西了。困意也一阵阵袭来，因为卡车颠来颠去，颠来颠去，有点像摇篮。就在这种蒙蒙眬眬的状态中，我又开始思念我的村子。它已经很久没有出现在我的梦里了。

所有的卡车都停了下来。我们来到了一个十字路口。大家全都跳下车，我是最后一个下去的，因为我坐在最里边。脚刚一落地，我就又开始出汗了。汗珠黏在皮肤上，像爬着成千上万只透明的虫子。我用手抹了抹脑袋上的汗。没用，这只会让脑袋更加湿漉漉，还透着一股子烂泥味儿。同伴们有的弯腰，有的踢腿，都在想办法舒展筋骨。司令官发话了："让血流动起来！"我们立刻高呼："是，长官！"

司令官背着手踱来踱去，不时朝四下里望望。他一只手插进头发，另一只手捻着胡须，这个动作让我害怕起来。我开始怀疑他是不是不知道我们要去哪儿，以及怎么去那儿。

我扭头望着山坡下面绵延好几公里的田野。视野之内全是绿色的，因为这里是南方，树多草多。那些树一棵比一棵粗壮，因为它们能从地下喝到充足的水。从山顶望去，只见公路两旁尽是茂盛的草丛，一直连绵到天边。我不知道山的尽头在哪里，也不知道云的上面是什么，因为它们离我太远。我只看到许许多多的树，多到让我怀疑这是不是上帝的杰作。也许他把能想到的树都种在了这里，以至于到了北方时却无树可种了。

我们国家的政府就在北方，也许这就是他们无比愤怒、想要把我们统统消灭的原因吧——因为上帝把他们遗忘了，所以他们要把气撒到我们身上。站在山顶，你会感觉自己可以直接蹦到山下的树顶上又能毫发无伤，但我知道那不可能。我们中间曾经有过一个士兵从山崖上跳下去，他说天堂就在那些树顶上。我觉得他脑子一定有问题。我不知道他有没有找到天堂，但我绝对不会跟他学。

没有人告诉我这些树的名字，所以我就自己给它们起名字。我只认识绿柄桑树，有些树比绿柄桑树矮一些，我就叫它们森林之子。有些树的叶子有五个尖，我就叫它们星叶树，因为树叶飘落时就像天上的星星，而且叶片落到地上时通常都是黄色的，和星星的颜色也很像。有些低矮的树上爬满了藤蔓，于是我就叫它们奴隶树，因为对于藤蔓而言，它们就是奴隶。藤蔓借助它们的身体向上爬，去接近太阳。如果我是树，我会更愿意做绿柄桑树，因为它们高耸入云，茁壮挺拔，谁都奈何不了它们。可实际上，我觉得自己更像奴隶树，因为我永远都只能听命于人，不得自由。

今天，我不想打仗，因为我不喜欢开枪，不喜欢拿刀砍人，不喜欢看着人们像动物一样逃命，撕心裂肺地尖叫，也不喜欢看到血。所以，我就问自己，我为什么要打仗呢？我为什么不站出来反对呢？可这时，我又想起另外一个男孩子。他也不想打仗，于是，司令官就命令他躺在地上，让我们朝他胸口上跳，我们不敢不照做。最后，他一口一口地往外吐血，再也没有起来。

司令官大喊：“集合！跟我的一队，跟副官的一队！”我们立刻排起队，但队列一点都不直。我的腿不由自主地抖啊抖。所有人的腿都在不由自主地抖啊抖，因为没人愿意像这样站在大路上。就连司令官也害怕，他不停地左顾右盼，一会儿又看看天上。我知道他在担心政府军的战斗机或者直升机会突然飞过来，扔下几颗炸弹，或者对着我们一通扫射。

他首先大喊了一声“立正”，所有人都安静了下来。然后，他继续说道：“村子就在这两条路中间，所以我们兵分两路，我带人从村子一头开始攻击，副官带人从另一头开始攻击。这样那些狗东西就无处可逃了。我们会像他们屠杀我们一样把他们全部杀掉。我们会把他们从我们手上抢走的东西全都抢回来！”几乎他每说一句，我们就大声吼一句：“是，长官！”

他带着他的人出发了，大力神也在其中。我却要留下来跟着副官和兰博。我挺喜欢兰博的，也想像他那样在头上扎一条红色的大手帕，那样打仗的时候汗水就不会流到眼睛里了。谁都不知道他为什么叫兰博，但我知道那部电影，里面一个很厉害的家伙就叫兰博。所以我就想，这个兰博一定也很厉害。他还特别机灵，在战场上什么都逃不过他的眼睛。这也是我喜欢他的一个原因。他总能躲开子弹和炸弹，有时候我甚至怀疑他是不是戴了神奇的护身符，所以才会不怕死，也死不了。可我不好意思问他，他会笑话我的。不过有一点我知道，跟着他至少不会那么容易丢掉性命，所以即便这次被分到副官一队，但因为有兰博在，我的怨气倒也不算太重。

我们人多枪少，不够人手一支，所以我没有枪。反正司令官说我太小，不适合拿枪。因为我没有力气把枪拿稳，开枪的时候，枪口总是跳来跳去，容易打到自己人不说，甚至有可能把自个儿打死，所以他就给了我一把刀。可是每个人都想要枪油，因为枪油可以吃，据说能像鸦片一样让人舒服得要死要活的。枪油能让你变得强大而勇敢，但也会让你头疼。它的味道有点像子弹，还有点像甘蔗。我不喜欢它的颜色，在枪的沟槽里尤其显得黑乎乎的，但我仍然争着要自己那一份。

我直接把枪油填进嘴巴，那感觉就像舔一块大石头，或者吃铅笔，但也像吃糖果。吃下去时，我的喉咙里会火辣辣的，同时也像吃甘蔗一样甜丝丝的，引得我越吃越想吃。

因为吃枪油的缘故，我的肚子变得像饿狗一样。饥肠辘辘的感觉既像真的又不像真的，搞得我也不知道自己到底是饿还是不饿。我想吐，又不想吐，但我觉得还是不吐为好，因为我本来就没吃多少东西，倘若把肚子吐空了，进攻开始的时候就更没力气了。

司令官在大呼小叫着做战前动员了，但在我听来，他的声音犹如来自一个装满棉花的袋子。他让我们一同祈祷，并请求上帝指引我们完成我们接下来要做的事。我觉得这根本没有必要，上帝早就把我们遗忘了。我也正在努力忘掉他，虽然这会让我妈妈不高兴。她总是说要敬畏上帝，每个星期天都要去教堂，可如今我连星期天是哪天都不知道。我和大力神道了别，看着他随司令官而去。我等着枪油发挥作用，那样我就什么都不用担心了。

我们沿着山谷走下去，又走进丛林。我感觉自己就像回巢的动物。我的额头越来越烫，手越来越热，呼吸也开始困难起来。空气仿佛变成了水，连云彩都显得多余，因为根本用不着下雨。我听到了水声，一时口渴难耐，但我们碰到的那条小溪里有很多污泥，水浑浊不堪，又脏又臭。可我顾不了那么多了，一头扎进了水里。伸出来时，我发现天空变得五颜六色，而且我在云层上看到了精灵。同伴们全都变成了动物，前后左右找不到一个人的影子。他们没有鼻子，没有嘴唇，也没有嘴巴，你根本认不出谁是谁。我们是一群动物，闻起来像鸡，像山羊，像奶牛。

蹚过小溪，我感觉身体内有股像电流一样的东西，于是我开始想：嗯，打仗是好事。我喜欢听枪响，还有刀劈斧砍的声音；喜欢看人们尖叫着仓皇逃跑，或者跪在我面前苦苦求饶。我喜欢杀人。

蹚过小溪，我感觉自己忽然间像个大人了。虽然脑袋很小，但我却有了结实的肌肉。什么都无法阻止我，什么都无法使我放慢脚步——包括我们正在爬的这个山坡。我就像在丛林中捕猎的豹子，而与此同时，我还有种回家的感觉。

满世界的叶子都是红的，滴着红色的液体。到处都是茂盛的植物。进入灌木丛，横生的枝杈扫着我的脸，从土里钻出来的树根总想绊我的脚，但我不停地向前奔跑，经过许多许多颜色，许多许多树，许多许多花。即便偶尔摔倒了，我也会立刻爬起来继续跑，跑啊跑。谁都不知道我们来了，像乌云一样悄无声息地来了。

我的脚趾间塞满了黏糊糊的泥巴，小草像刀子一样扎着我的脚踝。我向上帝祈祷，但我的祷告却飞到了魔鬼那里。“指引我去做你希望我做的事吧。”我说。但我只听见一阵阵的笑声，它们来自树林，来自我们经过的农田。那些农田里看不见一棵甘薯或木薯。战争让人们流离失所，这个国家只有难民，没有农民。

我们很快就摸到了村子边缘，看到了用泥土、木头和铁皮搭建的可怜的房子。房子早已无人居住，我们便把它们统统推倒，或者点燃茅草屋顶，然后一路打砸抢烧下去。每一栋房子，谁先跑到就归谁，包括房子里的所有东西。我闻着烟味儿冲到一栋房子前。这栋房子居然有用水泥墙围起来的院子，水泥墙顶上插满了尖利的玻璃渣子，防的可能就是像司令官和副官这种可怕的恶人。

除了水泥墙，这家人还装了两扇笨重的大铁门。我们一群人使劲推了半天它才极不情愿地打开。我的脚踩在松软的泥土上，院子里种着橘子树和杧果树。这个村子的每一栋房子都刷着绿色，尽管很多已经掉了色。但在一片绿色当中，唯独窗户是白色的，看上去就像房子的骨头。

远处传来枪声和尖叫声。我的头似乎越来越小，身体却越来越大。我想杀人，我也不知道为什么会有这种念头。我就是想杀人。我看到了一只狗，然后就想把它杀掉。我举起砍刀，刀快要落下时，我才发觉不对劲。那不是狗，而是个人。“大力神！”我喊道。我差点一刀砍死他。他在我眼里怎么会变成狗呢？我们搂在一起，丝毫不顾周围的枪声和喊叫声。我能感觉到他的脑袋，他也能感觉到我的脑袋。之后，我们便一起行动，穿过不断变换的色彩，直扑这户人家的堂屋。

可是屋里既没有吃的，也没有喝的，连能让我砍上几刀的东西都没有。地上到处都是碎玻璃，好像在我们来到之前这里已经遭受过一次洗劫。椅子全都散了架，但墙上仍旧挂着画，桌子上还摆着塑料假花。

一条走廊连着许多门。周围弥漫着浓烈的屎臭味儿和尿臊味儿。走廊尽头，几个士兵正在砸门，咣！咣！他们又是脚踹又是刀砍，直到那扇门四分五裂。

来到那个房间，我抬起头，居然看到了天空。连个挡雨的篷布都没有，想必我们的所作所为上帝也能一览无遗吧。太阳无精打采，好像被谁砍了一刀似的，在我们头顶洒下红色、黄色、紫色和蓝色的血。房间一角放着张桌子，破破烂烂，注定会被白蚁吃光。另一角摆了张床，闻着却像鸡窝和羊圈。我还是想杀人。我们都想杀人。

床底下藏了一个女人和她的女儿。她们不知所措地望着我们，脸因为害怕而变了形。

那女人身上有一股羊臊味儿。我们想杀了她，于是就把她从床底下拖出来。她和她的女儿紧紧搂在一起，一个比一个哆嗦得厉害。她们瘦得皮包骨头。不，那女人的皮根本没有包在骨头上，而是像布袋一样松弛地往下垂着。由此可知，战争之前，她一定是个很肥胖的女人。那小女孩儿活像个骷髅架子，畏畏缩缩地躲在妈妈怀里。“你是我妈妈吗？”我问，“你是我妹妹吗？”但她们只是一味地尖叫，好像魔鬼要来抓她们一样。我不是魔鬼啊。我不是坏孩子，不是坏孩子。保佑我的不是魔鬼，我也不会下地狱。可我还是不禁怀疑，也许是魔鬼生下了我，所以我才会做出这么多可怕的事。

可此刻我的灵魂仿佛已经出了窍，像个旁观者一样目睹着这个房间里发生的一切。我站在我躯壳之外的地方，看着自己抓住那个女人和她的女儿。她们不是我的妈妈和妹妹。我对着她们大喊：“够了！该结束了！”

那女人开始向上帝祷告："万能的主啊，带我的女儿去天堂吧，宽恕她所有的罪过。你说过所有孩子和信仰你的人都能得到祝福。他们永远不会看到死亡。是我错信您了吗？我在努力为您而活啊。上帝呀，求求你了，发发慈悲吧。"

我哈哈大笑，真是愚蠢，上帝早就把我们这个国家里的人统统忘掉了。

大力神脱掉短裤，故意让那女人看到他是个男人。我摁住她的一条腿，另外一个士兵则按住她的另一条腿。她喊叫着："你们是魔鬼！你们是魔鬼的儿子！"可笑，我才不是魔鬼的儿子呢。我有爸爸，也有妈妈，我是他们的儿子。

她还在声嘶力竭地叫着。"啊呀……"这声音充满原始的味道，使我不由想起了关于我们村子起源的传说。

相传很久很久以前，有个伟大的勇士在我们村子附近的某个地方与敌人殊死战斗。他们打了许多个日日夜夜，仍然不分胜负。勇士和敌人都累了，于是，他们说："别打了，休战吧。”随后，他们便停止战斗，并坐下来一同庆祝。他们吃呀，喝呀，一直累得睡了过去。然而半夜时，敌人偷袭了勇士，并打伤了他。勇士逃进丛林，来到一条小河边时终于倒了下去。他差一点就死掉了，但掌管那条河的女神救了他。女神的美貌举世无双，勇士醒来后第一眼看到她时便情不自禁地喊了声“卡伊”，并立刻爱上了她。因为丢掉了村子，勇士没办法回去，于是，他就说：“好吧，那我就娶这个美丽的女人做妻子吧，我们会生一大堆孩子。”他确实那么做了。

后来，女人生了一对双胞胎，两个孩子身体都很强壮，毕竟他们的父亲是个勇士，而母亲又是个女神。因为妈妈的缘故，他们拥有变化的法力，能从一种动物变成另一种动物。所以，他们有时候变成猴子，爬到树上摘下最好的果实，有时候又变成小鸟，飞到外面去见识广阔的天地。他们彼此相亲相爱，直到有一天他们变成了不同的动物。一个变成了公牛，因为口渴难耐便到河边饮水。另一个变成了猎豹，跑到丛林里捕食猎物。猎豹在林子里四处游荡，但却找不到任何可以捕猎的动物，于是他便回去找他的爸爸、妈妈。来到河边时，他看到了正在那里喝水的公牛，于是高兴地说："啊哈，把这头牛打死带回家，我们就有吃的啦。"他轻手轻脚地靠近公牛，突然一口咬住了牛脖子。但公牛毫不示弱，拼命反抗，用两根粗大的牛角顶破了猎豹的胸口。

他们都受了伤，很快就变回了人形。当发现对方不是敌人，而是自己的亲兄弟时，两人抱头痛哭。就那样哭啊哭啊，一直哭死在河边。他们的血流到了河里，把河水染成了红褐色。他们的父母发现他们死在河边时，妈妈绝望地叫了一声："啊呀……"她哭着说要离开孩子们死去的地方，免得触景生情，悲伤过度。于是，他们搬到了山上，也就是我们村子现在的位置。他们生了更多的孩子，但每一年，勇士和女神都会带着他们的孩子去看看那条河——那条曾经见证了他们两个儿子死亡的河。

"啊呀……"那女人瞪着我直叫。我不停地冲她吼：

“闭嘴！闭嘴！闭嘴！”这个女人是我们的敌人。她杀死了我的家人，烧了我们的房子，偷走了我们的食物，害得我的家支离破碎。这个小女孩儿也是敌人。她杀死了我的爸爸，害得我只能逃离家园。我想把这个小女孩拖开，但她死死拽着她妈妈的胳膊，而妈妈也牢牢抱着她。两人仿佛合二为一了。我和大力神一起拽小女孩，腿都快拽掉了，她还是不松手。她没命地叫着，我看她只有出的气，并没有进的气。大力神发火了，他把刀高高举过头顶，狠狠砍了下去。其他人惊得连忙闪到一旁。

小女孩顿时没了双手。

她不哭了，也不喊不叫，好像突然哑巴了一样，伸着两只没了手的胳膊。司令官说她是敌人，她偷走了我们的食物，杀了我的家人。我怒不可遏地跳上她的胸口，一次，两次。我又跳到她的脑袋上，一次，两次。直到她躺在地上一动不动，只剩下嘴巴往外汩汩冒着血。

“你不是我妈妈。”我对小女孩的妈妈说。然后，我举起了砍刀。刀砍在她的头上，咔！咔！鲜血溅到我的手上、脸上和脚上。这一切令我亢奋，使我疯狂。我不停地砍啊砍，砍啊砍，最后抬起头时发现天已经黑了。

又是一个夜晚。

第五章

时间过得很快，时间又过得很慢。白天变成黑夜，黑夜又变成白天。周围发生着什么，哪是我能说得清的？就好像前一天还风平浪静，仿佛战争和我们没有半点关系，但第二天我们就开始肆无忌惮地杀人、抢劫。我也不知道这是怎么回事。大人们都搞不懂的事，我一个小孩子怎么可能知道呢？

似乎所有的事情都反了过来，像我身上穿的衬衣。

有时候，在我们走路、训练或者杀人的时候，我能看到一些东西。有时候，我清楚地知道，我看到的那些东西其实并不存在，它们多半来自战争之前。可它们给我的感觉却无比真实，好像就在我眼前发生着一样。看到有人在营地里载歌载舞——并不是因为欢乐，而只是为了让自己有事可做，好不去想打仗的事，我就闭上眼睛，此时眼前就会浮现出我们村子里的景象。乡亲们都很喜欢跳舞，包括我们这些男孩子，因为人们说只有跳舞才能使我们成为男子汉。年轻人通常要花上一年的时间学习各种舞蹈才能变成男子汉。如果你不学，就没有人会把你当男子汉看待。

还有庆祝的场面。闭上眼睛时，我看到乡亲们都来到了村子里的小广场上。男人们站在一边，女人和孩子站在另一边。庆典从早上开始，那时太阳还没有开始发威，空气凉丝丝的，弥漫着炊烟的味道。我记得村里的小广场总是被那些跳舞的人打扫得干干净净，而后扫帚会整齐地摆在沙地上，从村长家一直排到教堂灰色的墙边。

这样的庆典每年都会举行，但我妈妈并不支持。她说除了上帝，我们不该祭拜任何其他的神灵，因为上帝会吃醋，继而惩罚我们。但即便如此，每年庆典到来之时，她照例会裹上白布，和其他妇女一道在村长家的院子里忙活一晚上，为第二天参加庆典的人们做饭。所以，每当她又开始抱怨的时候，爸爸就会安慰她说："上帝知道我们只真心崇拜他一个，但我们也要和其他神灵搞好关系啊。"

早上，全村人都裹着清爽的白布单来到广场上。女人们一夜劳顿，困得几乎睁不开眼睛；男人们摩拳擦掌，跃跃欲试，只待庆典开始便舞动起来。鼓手们坐在鼓前，活动着手指，或把耳朵贴在鼓面上，仿佛那鼓在对他们说什么悄悄话。气氛越来越凝重，人们的心情就像那紧绷的鼓面，碰一下就能抖三抖。

全村人都翘首以待，一点点声音都能引得大家激动莫名。要开始了吗？要开始了吗？可是着急也没有用啊。于是，不耐烦的人们开始交头接耳，窃窃私语。随后嘭的一声，头鼓敲响了，接着领舞的人一声大喝："啊咿呀！"

意思就是让众人安静下来，开始看他们的舞蹈。于是，一大群舞者跳起了“勇士之舞”。他们脚踝上系着铃铛，手中挥舞着木砍刀，脸上戴着颜色鲜亮的面具。跳舞的时候，铃铛和着鼓点，你会发现连他们面具上的颜色也跟着舞动起来。还有他们头顶上用青草编织的帽子，当他们模仿打仗的样子跳来跳去时，帽子能发出风吹草丛的声音。要不了多久，广场上就会尘土飞扬，咳嗽声连成一片。

一曲终了，舞者们转眼间便无影无踪。人们大汗淋漓，叫着，笑着，吃着用红棕榈油煎的甘薯，把鱼、肉和蛋蘸着辣椒吃。那辣椒辣得人嘴里像着了火，就算你不停地喝水也挡不住会被辣得两眼流泪。这时，女人们围在一起闲聊，男人们聚在一起胡扯，孩子们则自由自在地在一旁玩耍。但是我呢，我跳舞心切，想把刚刚看到的舞蹈重跳一遍。

可你还没有准备好，就听：“嘭！啊咿呀！”舞者们又回到广场中央，开始了“女神之舞”。他们戴着白色面具，身上涂着蓝色油彩，腰里缠着蓝色腰带。这一次没有鼓声伴奏，但全村的女人们齐声唱着女神曲，那声音响彻云霄。男人们看着，一步一步地移动身体。

下午，我们继续吃甘薯，喝山羊肉炖牛尾巴汤，或者吃鸡肉芭蕉拌米饭、烤玉米，以及从田里摘回来的新鲜莴苣。但此时，人们根本快活不起来，因为歌曲婉转忧伤，听着叫人直想落泪。这个时候是没人说话的，因为你一出声就把气氛破坏掉了。

太阳落山，夜幕降临。人们点起一支支火把，将广场照得亮如白昼。我们跳起“公牛之舞”和“猎豹之舞”。舞者身上的油和汗闪闪发光。他们用力踏着脚，衣服上的草抖落一地。在黄色的火光中，他们像一群舞动的精灵。有的戴着牛头面具，头顶红色和白色的牛角；有的戴着猎豹面具，嘴里伸出红色和白色的獠牙。这是我最喜欢看的舞蹈：公牛和猎豹冲向对方又分开，再冲向对方，接着又分开。舞者挥动着胳膊，摇头晃脑地跳来跳去。结束之时，他们个个已是挥汗如雨。在火光的映照下，那汗水看上去像血一样。

庆典尾声，我们脑子里仍旧回荡着一天当中听到的歌曲。乡亲们拿起火把，沿着村里的大路经过各家各户的院子，最后穿过一片棕榈树林，来到河边。人们步履匆忙，因为成群的蚊子咬得人受不了，况且大家也都争着想看看负责杀牛的会是哪个小伙子。

河边，一头公牛的角和腿都被绑在一棵棕榈树上。公牛徒劳地挣扎着，发出阵阵低沉的抗议和呻吟，让人听了不由生出恻隐之心。舞者们在全村人的注视下来到浅浅的河水中继续跳“公牛之舞”。随后，领舞的小伙子走到村长跟前跪下，其他戴着公牛和猎豹面具的舞者把他围在中间。村长将一把真正的砍刀交给这个小伙子，并凑近他的耳边低语几句。于是，小伙子手执砍刀，昂首挺胸地走到公牛面前，照着牛脖子就是一刀。牛血溅了他一身，他擦掉面具上的血，伸手到牛脖子里的伤口处，捧了血涂到自己身上。他涂完之后，别的舞者也如法炮制，直到每个人都成了血人。之后，他们继续戴着猎豹和公牛面具转来转去。终于，嘭！鼓声响起来了。

谁都知道，面具一摘，化装舞会就算结束。

舞者们摘下了面具。

精灵们死了，而小伙子们如今成了男子汉。

我睁开双眼，发现自己仍然处在战争之中。我想，倘若没有这场战争，现在的我也该变成男子汉了吧。

有时候闭上眼睛，我会看到雨季中我们的村子。人们总是说，雨季是个充满变故的时节。比如说，你打算用一块地种点什么，可还没有干起来，却发现脚下的土地已被冲刷得面目全非。也许你走在一条路上，可转眼却发现自己游在一条河里。出门时，你浑身干爽、温暖、舒适，回来时却浑身湿漉漉的，衣服贴在身上像多了一层皮。一切都在变化，什么都无法预料。

战争并不是一下子就落到我们头上的，但对我们而言，准备的时间仍然少得可怜。因为很多事情发生得还是太快，我们猝不及防，甚至搞不清到底发生了什么。

有一天，他们突然关闭了学校，因为政府倒台了。一方面，我觉得难过，因为我喜欢上学，而另一方面，我又暗暗高兴，因为有时候坐在教室里也是件很折磨人的事。满身大汗不说，低年级的孩子们又吵又闹又哭又叫的，实在叫人心烦。总而言之，有一天早上，我无事可做便去找戴克。他一向起得很早。我站在戴克家门外等他出来。我不敢进去，因为他妈妈最烦我们一大早把她吵醒。但我等啊等啊，太阳已经完全升上了天，小鸡们也开始在沟渠里你争我抢地找虫子和垃圾吃，戴克却还是没有出来，而且他们家连一点动静都没有。

我就傻站在他家外面，不无羡慕地看着他家气派的大房子。他们的墙壁看上去就像新刷的一样，窗户干干净净，院子里规规矩矩，一看就知道经常有人除草。他爸爸把院子照看得很严实，不准任何人往里面扔垃圾，所以也就没有鸡或山羊之类的家禽到院子里找吃的。我每次都好想进他们家，但每次都忍住了，因为戴克的妈妈不愿让我这样的人进去，她怕我的鞋子弄脏她家的地板。

但今天有点奇怪，平时总能听到的音乐、歌声、哭声或叫喊声，这次却一概没有听到。戴克家里静悄悄的，仿佛没人一般。我围着他家跑了一圈，在每扇门上敲一敲，在每个窗户的铁栏杆上拍一拍，可是门全都锁着，窗户也紧闭着。这可不正常，他们家从来不会没人的。我心里七上八下，不由得开始替我的好朋友和他的家人担心起来，心想千万别发生什么不好的事情。我坐在外廊上抓耳挠腮，不知该如何是好。

我正坐着，忽见给戴克家做饭的厨子从他们家后院走了出来。他问我干吗一大早就坐在别人家的外廊上。如果此刻你能看到我的脸，一定会发现上面满是幸福，因为此刻我心里总算是一块石头落了地。看来戴克家并没有出什么事，他们只是出了个门，兴许很快就会回来。我循着厨子的声音抬头看他，尽管他在微笑，但由于双眼像哭过一样通红，眼角低垂，因而仍是一副愁眉不展的模样。他的衣服皱皱巴巴，布满污渍，让人怀疑他的工作不是做饭，而是和饭菜打架。他用手摸我的头时，我闻到一股浓浓的鸡肉和其他肉类的香味儿。

他对我说，昨天夜里，戴克已经和他妈妈离开这里去找他的爸爸了。如今，他们住在很远的一个镇上。我眼睛一眨不眨地盯着他看。有时候，当你听到自己不愿听到的消息时，浑身上下的各个部件就都不灵了。这时，你除了看什么也做不了，因为除非你是瞎子，否则眼睛睁着便总是要看的。我当时就是这种状况，呆若木鸡，开不了口，迈不动腿。

厨子说，他们应该是趁战火尚未烧到我们的家乡而提前逃难去了。他这样说的时候，我就呆呆地望着他，但我心里却是气不打一处来，因为戴克居然没跟我招呼一声就走了。怎么能这样呢？要知道，我们可是亲如兄弟的好朋友啊，我们一向有什么事都会告诉对方的。如今，学校关闭了，戴克走了，我只好整日干坐着，无所事事。我感觉就像有人故意把我喜欢的东西全都带走，好让我难过。我望着厨子，他笑起来比哭还难看。此时，他已经喋喋不休地抱怨开了。“这么长时间以来，我辛辛苦苦为他们做饭。可夫人什么东西都没给我留下就走了。我可不像她那么有钱。没钱我拿什么去找我自己的家呀？”他对我说。

他在我旁边坐下，双腿使劲伸到前面，只见他满腿都是蚊子叮的包和其他青一块紫一块的斑。看着它们，我心里有种说不出的滋味儿。

我说：“真不幸，真不幸。”可他哪里听我的，他的嘴巴一刻也没有停下。

“我诅咒夫人。让她从今往后万事都不如意。”他一边说，一边摇头晃脚，好赶跑嗡嗡围着他的苍蝇。

至于我呢，我肚里还憋着一股子怨气。我也不想跟这个厨子坐下去了，因为他看起来像个神经病，所以我打算回家。我气得连脑袋都直不起来。走在回家的路上，我眼睛里只看到一双双脚，有一直住在村子里的，有临时回来的。因为低着头，我没有认出路上的长辈，也就没有像平时那样向他们问安。但此时没人计较我的无礼，因为大家各有各的烦心事。我只管低头走路，一直走到天天坐在一张椅子上卖野豆的老太婆跟前——其实根本没人买她的野豆，因为人们都怕她，说她可能是个巫婆。她对我说：

“你连个招呼都不跟我打了吗？现在的小孩子真是越来越不像话啦，跟牲畜一样没规矩。罢了，罢了。你就等着倒霉吧。”

至今，我还记得那个老太婆，因为我怀疑现在遭受的这么多不幸都是她诅咒的结果。

我仿佛还看到了村子里的小孩子们。不知从哪一天开始，他们一个个变得越来越瘦。因为胳膊和腿越来越细，他们的肚子就显得越来越圆。在村子里奔跑玩耍时，他们不得不紧紧拽住自己的衣服，因为橡皮筋儿已经无法把裤子牢牢固定在腰上了。我妹妹也是这副模样，细脖子、细胳膊、细腿儿。她明显没以前那么生龙活虎了，做什么事都有气无力。刷盘子的时候，她的脑袋恨不得垂在胸口上，胳膊软绵绵的，似乎抬都抬不起来，结果便弄得到处都是水，招来妈妈一通大吼。不过，尽管妈妈天天吼我们，但我知道她为我们操碎了心。我曾听到过她的祷告，她说看着我们一天天瘦下去，她心如刀割。

后来，人们开始陆续返回。村子热闹起来，一切都在悄无声息地改变着。最先回来的人看上去还算正常，他们依旧穿着体面的衣服，只是游移不定的眼神总让人觉得他们在害怕什么，就像时刻担心灌木丛中会突然蹿出一头野兽。这些人多半都是开着车子回来的，车上没坐多少人，东西倒是装得满满当当：电工的车上装着各种电气设备；裁缝的车上装满衣服；银行家的车上装满了钱。

紧随其后的是数不清的女人和孩子，还有大量的外地人。他们就像一支规模庞大的军队，乘坐着公共汽车和其他各种交通工具浩浩荡荡而来。每一天，村子里的人都会早早起床，来到公共汽车站和停车场等候，期望看到一两个返乡的亲人，同时也在心里默默祈祷着所有人都能平平安安。

后来，他们停止了供电，但那对我们的生活影响并不大。妈妈从来不用电做饭，爸爸的小广播用的是电池，因此我们的日子一如既往。爸爸每天照例到镇上，他的学校还在上课。有一天，妈妈醒来时发现我和爸爸坐在一块儿，呆呆地注视着他那件被烙铁熨坏的衬衣。破的地方灰不溜丢，皱皱巴巴，看上去就像擦屁股纸。爸爸咬着嘴唇，一副欲哭无泪的样子。他用手背揩去额头上的汗，又用衣服擦了擦手。

“他们让我别再去上班了，学校已经没啦。”他举着衬衣对我说。看他痛苦的样子，我真想替他大哭一场，因为我知道，他是从来不会为自己哭的。我想大喊，想叫醒所有人，让他们听听战争给我们带来了多少苦难。可是爸爸、妈妈全都沉默不语，所以我也就默不作声了。

妈妈脸朝院子站着，袖子卷到了腋窝下。因为睡觉时出了汗，她的腋毛湿成了一绺。她没有扭头看我们，也没有走开，甚至连走廊上的铁栏杆都没有扶。爸爸一边摸着他的小胡子，一边自言自语：“我们该怎么办呢？”这时，他看到了妈妈的背影。

妈妈说：“别看我，开始祷告吧。上帝是仁慈的，只要你有求于他，他就一定会帮你。”说完，她转身去了厨房，留下我和爸爸望着院子里的草木发呆。爸爸一句话也不说，只是默默地把衬衫蒙在头上。我实在想不通，爸爸怎么能像只等死的山羊一样坐在这里发呆呢？我起身去打水洗澡，丢下爸爸一个人在那里。他就那样呆坐了一整天，和谁都不说话，就连平时总能逗他笑、总能引他说话的妹妹，他也不理不睬了。晚上，我锁上大门并挂起钥匙时，他仍然坐在那里。不知道他夜里要不要上床睡觉。

后来有一天，我正趴在地上打扫客厅里的角角落落，爸爸火急火燎地跑回来。看样子似乎发生了什么紧急的事，因为他满头大汗，脸上闪闪发光，衬衣也被汗水浸透了。我茫然望着他，而他却冲我喊道："快起来！我们得马上去教堂！"我更纳闷儿了，究竟发生了什么事呢？因为这天并不是星期天，去教堂干什么呢？我本打算去换件衣服，可爸爸连连催促，催完我又催妈妈。我飞快跑进厨房，妈妈正在那儿炖着汤。看到我的样子，她立刻知道出了事，于是跑出去，在外廊下找到爸爸。随后，我便听到一通嚷嚷，妈妈嘴里反复念叨着："啊呀，要打仗了！要打仗了！”

我问我能不能跟他们一起去教堂，他们说可以。于是，爸爸抱起睡着的妹妹——除了睡觉她也无事可做，我跟着妈妈，全家人走上村里通往教堂的路。还没进教堂，我就听到一片喧闹，那显然不是祷告的声音。许多人同时叫嚷着什么，乱糟糟的，我一句完整的话都没有听到。走进教堂，里面像蒸笼一样热气熏天，而且弥漫着一股臭烘烘的味道，活似走进了牲口圈。空气仿佛处于完全静止的状态，没办法，断电之后，电扇就成了聋子的耳朵。

全村人似乎都挤了进来，不够坐，很多人便站在长凳上，一些人则靠着墙。每个人都汗流浃背，一张张面孔看得我眼花缭乱，有些平时不到这座教堂的人也在其中。他们吵着嚷着，好像天快塌了一样。牧师怒气冲冲，跑到大鼓前使劲敲了起来。咚，咚，咚！直到所有人都闭上嘴巴，教堂里只剩下一片喘息之声。

牧师走到教堂前边时，身上连白色的牧师袍都没有穿。他穿了一件蓝衬衫，一条裤子，戴着一顶小帽好遮住他光秃秃的脑袋。他冲人群喊着："大家听我说！他们已经把战争带到了这里，我们不能像牲口一样坐以待毙！《圣经》有言，上帝只帮助那些愿意帮助自己的人。以色列人被迫离开家园时，难道不是上帝帮助了他们吗？所以，让我们按照上帝的旨意离开这里，直到战争在这里停息。否则，他们会把我们杀光的。到那时，一切就都晚了。"

听到战争和杀戮那些事，我的心怦怦直跳，但我还是忍不住偷笑，因为我想起爸爸的话。他说牧师之所以能在讲台上长篇大论，是因为他有教士的博士头衔，博士都是很健谈的。

村长穿着黑衬衣，戴着一顶红帽子。他站起来说："对。牧师说得很对。我们得离开这里。听说联合国会派人来帮助我们撤离，所以等他们一到，我们就跟着他们一起走。明天，至少所有的女人和小孩子能首先离开，男人们留下来确保房子和财物全都安全，然后也就可以离开了。大家听明白了没有？"

接着便是一通七嘴八舌的议论声。联合国是什么东西？我家的地怎么办？我的羊怎么办？我的书？我的车？……声音来自教堂里的各个角落，每当一个声音响起，便有许多人扭头循声望去。这里实在太乱了，大人们的争论此起彼伏，吵得我脑仁儿都快炸开。不过，我只是静静站在爸爸、妈妈身旁，尽量不碍任何人的事儿。集会一结束，人们便从教堂中鱼贯而出，甚至忘了念最后的祷告词。显然，日益迫近的战争已经让人们六神无主了。我什么声响都没听到，但爸爸经历过一次战争，他说当你看到战斗机在天上飞来飞去，听到砰砰砰或者轰隆隆的声音时，你就会知道战争来了，那是他们在开枪和轰炸。

那天晚上，妈妈做了一顿丰盛的晚餐，都是我爱吃的——米饭和有着很多肉的炖菜。可大家似乎都没什么胃口，平时连吃三盘还要再加饭的爸爸，今天却几乎一口都没吃。

晚饭后，我收拾桌子，把盘子全都摞起来放在墙角，因为这时天已经黑了，只能等到第二天再刷。收拾停当回到屋里时，我看见油灯下的妈妈就像一团黑影。她正把食物分开装进许多小袋子里。我走过去碰了碰她的胳膊肘，问她我们要到哪儿去。她说："去哪儿都行，走到哪儿是哪儿。"我听了一头雾水，可又不愿多想，便继续问她害不害怕。她看着我，把我拉进怀里抱住。我的头枕在她的胸脯上，只听她说："我为什么要害怕呢，阿古？你忘了吗？上帝会保佑每一个人的，我们都会平平安安的。好了，上床准备睡觉吧，别忘了祷告。记住，不管发生什么事，上帝只会记得那些虔诚祷告的人。"

于是，我跑过门厅，钻进我和妹妹共用的房间。进屋时，我刚好看见妹妹将一把刀藏在床下。我大感意外，问她藏刀干什么。她说是为了对付敌人，说完便扭头面朝墙壁。尽管心里十分害怕，我还是不由得偷笑起来。我这个妹妹啊，虽然年龄不大，可有时候心眼儿却比谁都多呢。

我躺在自己的床上准备睡觉，可我浑身上下热乎乎的，而且痒得难受，感觉像有无数只蚂蚁在咬我的身体。

我试着睡觉，但试了半天却连眼睛都无法合上。那情形就像圣诞前夜等着圣诞老人来送礼物一样。

躺到半夜时，我听到爸爸和妈妈说话的声音。“你们不走？为什么？”妈妈问爸爸。随后便听爸爸回答说：“我和阿古都是男人，怎么能和你们一起走呢？如果别的男人都留下来照看自家的房子，而我们却灰溜溜地随着你们逃之夭夭，那像什么话啊？嗯？我们不能那么做。”接着，妈妈又说了：“不行，不行。你赶快打消这个念头吧。何必要骨肉分离呢？上帝是不允许这种事情发生的。”爸爸说：“你不懂。”妈妈说：“万一你们死了呢？那我们孤儿寡母该怎么办？难道你要我像有些女人那样半死不活地坐在大路边卖自己的头发？”接着，爸爸便吼了起来：“够了！这是我和我的长子应该为村子做的事！”可妈妈也不甘示弱，她同样吼道：“你的长子，你的长子！有时候，我觉得你根本不讲道理。让儿子跟我一起走吧。如果真的打起仗来，天天都会有人死掉，谁还会在乎你的长子有没有留下？”

我一阵反胃，因为躺的时间太久，还因为我不想看见战争里打打杀杀的场面。但我也知道，我不能留下爸爸一个人，自己却跟着妈妈逃命，那样别的男人会笑话他的。所以，我便盯着天花板，听雨滴吧嗒吧嗒地落在屋顶上，以及蜥蜴到处找地方躲雨的声音。可我还是睡不着，因为恐惧填满了我的心。

第二天一早，爸爸叫醒我。我睡意还浓着呢，他也是一脸倦容。但他像风一样在屋里跑来跑去，搞得每个人也都紧张起来。我问他我们要去哪儿。他只是说："别担心，别担心。"

稍后，我们全家提着大包小包的东西向村子中央走去。那里已经聚集了许多人，像过节一样，只是人们的脸上看不到笑容。各家各户随便选一个角落，妈妈们带着各自的孩子，身旁放着红白条纹的袋子，里面装着他们一次能拿的全部东西。我们静静等着，直到天上下起了雨。雨点像成千上万只昆虫铺满地面。人们个个愁眉不展，纷纷跑到村广场附近的房子里躲雨。男人们疲惫不堪，女人们战战兢兢，只有小孩子们一脸懵懂，他们搞不清发生了什么。

下午晚些时候，大队卡车轰隆隆地驶了过来。庞大的白色卡车，车身一侧写着大大的两个黑色字母：UN。车还没有完全停稳，头戴蓝色帽盔、身穿绿色迷彩服的军人就从车上跳了下来。他们首先整队，然后高声喊我们上车。我看着爸爸帮妈妈拿起行李袋，和其他女人、孩子一起走向卡车。爸爸嘴角低垂，一脸悲痛与无奈。我知道他舍不得离开妹妹和妈妈。妈妈拉着我，一再叮嘱我要记得祷告，祷告。她说："不用担心，要不了多久，我们就能全家团圆了。"随后，爸爸把妈妈推上了卡车。现在，我仍能想起妈妈拉着我的手时的感觉，想起我和爸爸站在原地，目送载着妈妈和妹妹的卡车开向远方的情景。那成了我们的最后一面。

接下来的经历依旧清晰。村子里只剩下男人和稍大一点的男孩子。人们情绪低落，因为战争夺走了一切。没有了女人，村子已经不像以前的村子：该做饭的时候看不到炊烟，街上没有了卖野豆的老太婆，也没有了拉家常的人堆儿。男人们全都老老实实地待着，好像死了亲人一样。这一切我都看在眼里。再后来，情况更糟。我只能透过破烂的屋顶看一眼外面的光。整个屋里热气蒸腾，我大汗淋漓，短裤和汗衫像泡了水一样紧贴在皮肤上。那间屋里藏了多少人呢？我不清楚，但起码有十或十五个吧，甚至更多。十几个人的恐惧集中在一起发酵，那气息连闻都闻得到，况且整间屋子里还充斥着浓浓的汗酸味儿。屋外，到处都是枪声、喊声、惨叫声。

我问爸爸："他们会打死我们吗？会打死我们吗？"

有人在我脸上打了一巴掌。"闭嘴！"是爸爸打的吗？屋里很黑，但我知道打我的人不是他。我的嘴里顿时充满了血腥味儿。我知道血是红色的，到处都是红色的。我用胳膊擦了擦嘴，但汗水蜇得我的嘴唇一阵刺痛。我想看看周围，可只有屋顶那些小窟窿里才透进一点点光。门锁着，我哪里都去不了。我们所有人都无处可逃，因为外面是个子弹乱飞的世界。

我听到了爸爸的声音："听着，儿子，现在死或者以后死都是一样的。你想坐在这里等他们放火烧死我们吗？嗯？记住，你只能死一次。要么站着死，要么跪着活，但如果是后者，你就要背负祖先的耻辱。"这个道理我懂。跪着活并不是什么好事，因为如果你跪着，别人跟你说话的时候，你就不得不仰着头，那别人的口水会喷到你脸上的。这时一个声音说："我宁可活着躲在这间小屋里，也不愿像牲口一样死在外面。"立刻有人低声附和。"对，对。"我爸爸对那个声音说，"那你儿子会朝你的坟墓上吐口水的。"

更多的人附和我爸爸："对，对。说得没错，说得没错。"

"准备好了吗？"

没有人吭声，但我清楚地听到了砍刀刮地板的声音。外面依然枪声四起，子弹呼啸。我害怕极了，两条腿仿佛不再是我的，而是旁边那人的了。我的手像石头一样僵硬。爸爸交代我说，等到了外面，只管跑，朝别的方向跑。“不会有事的，”他说，“不会有事的。只要你跑得够快，敌人就不会发现你。”我问他我们会不会死，可他没有回答。所有人都默不作声，但每个人都喘着粗气，像被关在围栏里的牛或羊。“我们会死吗？”我问，“他们会打死我们吗？”结果，我脸上又挨了一巴掌。

枪声震耳欲聋，尖叫声、怒吼声和狂笑声响成一片。他们发现我们了。

有人喃喃地说着吓人的话：“他们会打死我们，还要带走我们的尸体。他们会把我们的尸体装上卡车，我们的血会从车厢里流下来，流得满地都是。他们会把我们的尸体运到树林里喂野兽，这样我们就无法安葬在自己的村上了。”另一个人说：“他们会拿我们的尸体取乐。他们会掏出我们的肠子做成鞭子互相抽着玩，再砍下我们的手，拿着和彼此握手。”又一个声音说：“他们是魔鬼，我亲眼所见。他们和怪物一个样，半边脸，长长的指甲，尖尖的獠牙。他说他们是魔鬼，是因为只要你看见他们，末日也就到了。如果你没死，那就证明你和他们一样也变成了魔鬼。”

“闭嘴！闭嘴！没时间了！”有人吼道。接着，我听到另一人开始数数：“一，二，三。”门豁然打开。光线涌进来，刺得我睁不开眼。一时间，我像个瞎子一样，眼前只剩下一片白光。我听见大家都在深呼吸，于是我也猛吸一口气。空气中有股烧焦的木头、火药和汽油的味道。有人大喊起来，爸爸也喊道：“快跑！快跑！阿古快跑！”我心里说，那得等别人把双腿还给我才行啊。

这时，有人推了我一把，我顺势跑了出去。子弹飞来，我看见爸爸像跳舞一样乱蹦乱跳。他冲天空挥舞着胳膊，仿佛在赞美上帝。我听到恐怖的大笑，但却一刻也不敢停留。我没命似的向前跑，一不留神便跌进了泥坑，差点爬不出来。我浑身臭烘烘的，嘴里叫着：“他们要打死我了！哦！上帝呀，救救我！救救我！”我看见有人跑着跑着便没了脑袋，我还看见遍地的胳膊和腿。随后，整个世界变成白茫茫的一片。我只听见急促的脚步，和我自己粗重的喘息声。

我真的经历了这一切吗？现在想想，这些事既像假的，又像刚刚发生过一样真实。连我自己都搞不清楚了。

我睁开眼睛。视野内，有的地方乌黑一片，有的地方则被火光和灯光映成橘黄色。我的周围躺着很多人，他们身边放着各自的枪。我的心脏快速地跳动着。

我忽然觉得口渴难耐。

第六章

我们在营地休息。我看着太阳渐渐落到大山后面，好像它不愿再见到我们一样。五彩缤纷的流光从天边四溢开来，犹如地狱里冒出的火焰。它吞噬了树顶，使树叶看起来格外明亮。可是眨眼之间，夜晚便降临了。地面从亮黄变成黑色。蒸汽从一些昏暗的地方升腾而起，驱赶着最后一抹余晖。

此刻，我打量着我们的“营房”——用棕榈树的枝干和叶子搭起来的窝棚。作为睡觉的地方，可以说它们既不中看又不中用。但看着营地我心里想，倘若不是因为战争，这里应该也是个风景宜人的所在。那么多棕榈树，笔直的树干高耸入云。大雨过后，它们像刷子一样将天空擦得一尘不染，而且棕榈树是多么慷慨的树啊，为我们奉献了棕榈油，还有棕榈酒。夜晚时，鸟儿和野兽们在入睡之前一定会给彼此唱上几支催眠曲。

但是我们来了，带来了战争。一到这里，我们便开始大肆地砍伐棕榈树，好搭建我们的营房。鸟儿们没有了栖息的树干，只好飞往别处。如今，这里的夜晚寂静得可怕，因为几乎所有能发出声音的东西都被我们吃光了。即便有些漏网之鱼，也早已被我们吓得不敢吱声了。营地后面有一条小溪，在澄净的阳光下会闪闪发亮，而且闻起来清新异常，充满生命的气息。站在溪边，你甚至能看到鱼儿在水中优哉游哉地吐泡泡，青蛙妈妈带着它们的小宝宝在水草间游来游去，它们就像在天堂一样幸福。可是我们来了，我们把垃圾倒进了小溪，并在小溪里洗衣服、洗澡，拉屎、拉尿。如今，它已经变得面目全非，臭气熏天，让人不愿靠近了。

我看着同伴们兴高采烈地从卡车上卸下他们从各个村庄洗劫来的东西，看着太阳一点点坠下天空。余晖下，爬进驾驶舱检查卡车的司机，皮肤上仿佛镀了一层金。即便夜幕低垂，他们从车里钻出来时，沾了油污的脸仍旧闪闪发亮。我全神贯注地盯着同伴们。久而久之，他们的身体全像幽灵一样消失了。只剩下一双双眼睛眨呀眨的，犹如曾经栖息在这里的萤火虫。他们到小溪边洗澡，嘴里还唱着歌，那歌声倒让我觉得安宁。我惬意地伸开双腿，头枕在双手上。

他们每天夜里都会生火，士兵们围坐在火堆旁七嘴八舌地聊天。加入这支队伍不久之后，我也每每同别人一道坐在火堆旁。靠近火总是温暖而惬意的。我很高兴能回到营地，因为这里还算舒服，至少比置身惨叫连连的战场——不，是屠宰场，因为我们的敌人多半毫无还手之力——要舒服得多。在这里，我可以全身放松，不用担心被敌人打死。然而，坐在这里，听着其他人有一搭没一搭地说着闲话，喘着气，我们看上去都还活着，但实际上却是在等死。一想到这儿，我就觉得难过。

我不喜欢难过，因为难过到头，人就会变成疯子。疯子是不能去打仗的。一旦不能打仗，结果是要么自生自灭，要么被司令官打死。而如果我死了，战争结束之后，我就没办法去找我的妈妈和妹妹了，所以我不能难过。我想过很多战争之后要做的事，当然，前提是我还活着。

我想，等战争结束了，我可以去上大学。我想当一名工程师，因为我很羡慕修理工对卡车做的事。虽然明知道自己没机会尝试，但我每次都会目不转睛地盯着修理工把事情做完。有时候，我也想当医生，用救死扶伤来赎我犯下的罪。或许既当工程师又当医生会更好，因为这两种都是大人物。为什么这么说呢？因为我们村里最富有的人就是医生，虽然他在战争到来之前就已经老死在家里。他身上总是装着很多零钱，遇到有求于他的人就给一点。他既是个大人物，也是个大胖子。这是自然而然的，有钱人总是衣食无忧的嘛。

等将来我成了大人物，我就能自由自在地读书，再也不会有人像以前那样骚扰我，也不会再有人对我说三道四。到时候，我就可以对别人发号施令，让他们干这干那。他们向我问安时必须弯腰鞠躬。我想喝水或者吃饭的时候，他们就把水或食物端到我面前。我也会变成一个大胖子，因为大人物都是胖子，他们从来不会缺吃少喝啊。我会吃下所有好吃的东西，一直吃到肚子高高隆起，再也装不下任何食物，吃到就算向前伸长脖子也看不到自己的脚趾头。即便没有好吃的，或者长时间吃不到饱饭也没关系，至少我不会像在战争中这样，活生生变成鬼。

我会回到教堂里，每天祈求上帝的宽恕。我会坐在电扇底下的长凳上，等着有朝一日电扇掉下来削掉我的脑袋。就算长凳上的木片刺痛我的腿也没关系了，因为我的心里只有耶稣。我会目不转睛地注视着他，一动不动，直到有一天他对我说："我宽恕你了。"

同伴在做饭，饭香味儿让我更加饥肠辘辘。我该怎么办呢？食物是我们抢来的，上面还沾着它们主人的血。牲畜，蔬菜，全都沾满了血。我们在路上遇到牵着山羊的农夫，便打死那农夫。现在，我已经分不清什么是农夫，什么是山羊了。甘薯上也沾着血，还有大米。别的士兵都说："只要把这些食物煮一煮，我们吃了就不会有事了。"可我很想说："虽然你们能把甘薯或大米煮熟，但你们煮不掉农夫的血啊。"然而，我真的很饿，所以不管三七二十一，只管把蔬菜、水果、大米和肉吃进肚子。吃饭的时候，大家都不说话，因为每个人都很饿，都想尽快填饱肚子。吃饱之后，我们就开始睡觉，睡觉。

可供我们睡觉的"营房"共有四间，全是用树桩和棕榈叶搭起来的。"营房"没有墙，只有顶棚用来遮雨，所以夜里挡不住任何蚊虫。仅仅四间"营房"根本不够我们用，所以有些士兵便睡在露天的地里，如果遇到下雨就只能自认倒霉。我们用不着担心野兽会来吃人，因为它们早就逃得无影无踪。实际上，它们更害怕被我们吃掉，应该永远都不敢回到这里了。

大家全都躺下来睡觉，可我没睡。我睡不着，我怎么可能睡得着呢？于是，我便竖起耳朵听，但田野里万籁俱寂。不过后来，我听到一个男孩儿在说话。我们都叫他“说书的”，因为我们睡觉的时候他总是没完没了地讲故事。下面就是他讲的一个故事：

“战争来临时，我和妈妈在一起。（这是他每晚的开场白）我们到市场里捡吃的，因为家里实在揭不开锅了，连木薯皮都没有。正在市场里时，我听见轰隆一声巨响，整个地面都在抖动。随后，那些政府军的飞行员开着飞机低低地从我们头顶飞过。那声音震得我耳朵都快聋了。我捂住耳朵，接着又听到噗噗噗的声音，那是飞行员在用机枪扫射，嗒嗒嗒，嗒嗒嗒。人们到处乱跑，有的躲在车底下，有的躲在教堂里，有的跳进排水沟。我不知道该往哪里躲，便沿着公路跑过来跑过去。这时，我又听到轰隆一声，而且爆炸就发生在离我不远的地方。我觉得浑身像着火一样烫，但实际上并没有。我抬头一看，树上挂着一个人，就像挂着一片肉。那人的脑袋像椰子一样晃了晃，然后才掉下来。妈呀！太吓人了！”

营房里安静下来。

但安静的状态持续不了多久，因为他马上又会继续他的故事。他说：“我妈妈，我妈妈呢？唉，我妈妈已经死了。她的尸体还挂在树上。”说完，他一阵剧烈的咳嗽，身体也随着颤抖。我听见他在自己躺的地方翻来覆去。

还有一个男孩儿，我们叫他“牧师”。他不像我们一样是村里人，他的家安在丛林中。他睡觉的时候身体会扭来扭去，还唱些我从来没听过的歌：“我们的主，我们的神，你是配得荣耀尊贵与权柄的。”他用低沉的声音轻轻哼唱，我听了却禁不住寒毛直竖，背脊发凉，因为他的声音像鬼叫一样瘆人。“牧师”有本《圣经》，偶尔他会用作枕头。就是因为这个，我们才叫他“牧师”的。他的《圣经》破烂不堪，甚至已经散了页，他只好用一件破衬衣包着，连同他的刀和备用的子弹全都装在口袋里。

他一边睡觉，一边唱着歌："我们的主，我们的神，你是配得荣耀尊贵与权柄的。"一遍又一遍。我醒着，索性跟他一起唱，尽管我连那歌词是什么意思都不懂——因为你创造了万物，并且万物是因你的旨意被创造而有的。我们的主，我们的神。

但这时，我脸前闪过了一道光。睁开眼睛，我立刻被光刺得头晕目眩。随后，我又马上屏住呼吸，因为大力神的脸赫然伸在我面前，他看起来真像鬼。他的皮肤黑得像烧焦的木炭，颧骨特别突出。我说："别烦我，别烦我。"可他的眼神明明白白地告诉我，我不该躺在这里睡大觉，司令官要见我，立刻，马上。我不想去见司令官，可我不得不去，要不然他会生气的。于是，我坐起来，这并不容易，因为我浑身乏力。终于站起来后，我伸了伸懒腰，看着大力神重新跑回到卡车下面，和那些司机睡在一起。我捡起刀——为了防止敌人突袭，我向来是刀不离身的——越过其他人的头或脚，向司令官睡觉的地方走去。我像野兽一样穿过黑暗。今夜格外寂静，我想大概是因为白天我们做了太多杀戮的事。我小心地躲开躺在地上的人，躲开他们的刀和枪，免得惊醒任何人，惹来不必要的麻烦。

经过又一个士兵，我便来到了司令官的棚屋之外。隔着一层蚊帐，我看见他正在棚屋里走来走去。他是营地里唯一用蚊帐的人。巨大的身影投射在蚊帐之上，我想，只有大人物才可能拥有那么巨大的身影。

我来到棚屋前，与司令官只隔了一层纱。人们都说，他是一个能把敌人逼疯的角色。年轻时，他就参加过各种大大小小的战斗，所以他嘴里总有说不完的故事，比如谁谁谁就像对待情人一样对待死亡，或者哪个小孩儿在学会说话之前便已经学会了杀人。他说他经历过世间最残酷的事情，就算魔鬼见了他也不免要跪地求饶。他说他吃过人，只是人肉的味道并不香。他还说他亲眼见过人吃人，跟吃别的动物的肉没什么两样。

我在黑暗中等待着他的召唤。我心里想着各种美好的事情，因为只要好事占据了你的心，坏事就会远远躲开。

每次到司令官这里来都如同上刑场，因为我很清楚他要对我做什么。我不想来，我想告诉他我不愿意再打仗，他应该放我走，让我成为难民。当难民也是幸福的，最起码不用去杀人。可我知道，倘若真的这么说了，唯一的结果便是惹他不高兴。他会用舌头舔着牙齿对我笑，但那是愤怒的笑，和他视某人为间谍时的笑一模一样。

司令官坐在地上，身旁铺着各种地图。我在他门口已经站了许久，但他一次也没有抬头看过我。我故意咳嗽了一声，好告诉他我来了。可他还是不看我，同时因为他脱掉了军装，看起来倒和我们一样疲惫不堪。他下身只在腰上系了块布，兜住裤裆，上身穿了件脏兮兮的衬衣。他跪在地上，用那块从不离手的白色脏手帕擦着汗。光线很暗，暗到我甚至看不清自己伸出的双手。他看上去似乎在自言自语，最后当他站起身时，我发现他的脸色并不好看。他一只手几乎塞进了嘴巴里，另一只手摸着光秃秃的头顶。

“怎么这么久才来？”我进去之前，他首先质问，然后才指着角落里的一张简易小床说，“坐下吧。”他是司令官，所以总有床可睡。而我们，运气好的时候能睡在垫子上，但大多时候都只能睡在地上。即便如此，我还是不愿意到他这里来。我不喜欢这里的味道，闻起来像动物的粪便，熏得我的鼻子很不舒服。可我又没胆量离开，我怕惹麻烦，尽管今天我并没犯什么错。我沿着小棚的边沿一步一步往里挪，溜着床沿时还被铺在床上的棕榈叶戳到了屁股。我在小床上坐下时，他仍然盯着地图，还时不时拿圆珠笔在图上画着什么。棚下光线昏暗，我甚至怀疑他根本什么都看不到。我抠着脚底的泥巴，然后又用双臂抱住膝盖，一声不吭地看着他。真搞不懂，这些人为什么老喜欢盯着这个国家的地图看，好像那是一块肥肉，他们可以用刀把它分成一块一块。

司令官咳嗽了一阵，挠了挠头，而后把蜡烛一根一根吹灭，小棚里顿时漆黑一片。透过蚊帐，我望着外面的火堆。火头已经很低，可我依然向往外面，向往其他士兵睡觉的地面，向往听“说书的”讲他的故事，听“牧师”唱我听不懂的歌，可我不敢把这个想法告诉司令官。他对我说：“把衣服脱掉。”

我不想脱衣服，但我什么也没说。毕竟司令官是大人物，况且他有时也会给我一点好处，比如多给些吃的或保护，或者衬衣、裤子之类的东西。这多少能让我好受些，因为我知道，即便他什么都不给我，也照样可以对我为所欲为。我听见他在黑暗中朝我走来，替我脱掉了衣服，并在我旁边坐下。

他的呼吸无比粗重、急促，可又和平时奔跑时上气不接下气的声音不同，这是一种奇怪的喘息。它就在我的耳边，让我听了要多难受有多难受。然后，他开始摸我，而且呼吸越来越急促。不过，他每次对我做这种事的时候都会说：“长官都是这样对待自己的士兵的。好士兵要服从命令，我命令你接受我的抚摸。”我不想当好士兵，实际上我连兵都不想当了。我讨厌他的手指在我浑身滑来滑去，讨厌他用舌头舔我，那感觉像鼻涕虫在身上爬一样恶心。他有时候会舔我的背，有时候甚至舔我的腿。我认为司令官不该做这种事，可我敢怒不敢言啊，所以只好把怨气憋在心里，这样好伤心啊。我知道他并非只对我一个人做这种事，可这并不能让我高兴起来。

司令官站起身，一边摸我，一边把我的头拉向他的腰间。我闻到一股浓浓的臭味儿，恶心得直想吐。我想起他第一次让我做这种事时的情形，他当时冲我大吼，让我摸他的“兵”——他管自己的鸡鸡叫“兵”，我们也是他的兵啊。那已经是很久以前的事了，但不管时间过去多久，都无法让我接受这种事。因此每一次，我恶心的感觉都是同样的。不过第一次那回还算好的，起码我们不像现在这样住在野外，那时我们有真正的床。可那又怎么样呢？那一次，他命令我跪在地板上，然后便解开皮带。我以为自己犯了什么错，他打算用皮带惩罚我。可皮带并没有抽到我身上。他对我说：“别害怕，我不会惩罚你的。”然后他又说：“把你的衣服脱掉。”

我乖乖照做了。接着，他便命令我摸他的“兵”，除了用手，还要用嘴唇和舌头。后来，他让我趴下，并把他的“兵”塞进了我的屁股，就像公山羊误把另一只公山羊当成母山羊时所做的那样。如果你看到那种事，一定会觉得不正常。可我不敢挣扎反抗，要不然他会打死我的，我不想死。所以，我忍着撕裂般的疼痛，任由他的“兵”在我的屁股里进进出出。那时，部队的境况还算不错，我们有吃的，有各种东西。他在我身上抹些棕榈油，说那能让我少点痛苦。可棕榈油也不是常常都有，没有的时候，我的屁股便只能忍受像火烧一样的疼痛。

第一次做完那种事后，他便让我走了。我想躺下歇歇，可屁股疼得不敢着地。我问大力神他第一次的时候是不是也这么疼。他在地上画了一幅图：一个人弯腰趴在地上，后面有把枪向屁股射出子弹。他画得很有意思，可我却笑不出来。我想从那以后我再也不会笑了。我觉得是时候离开了，我感到屁股里在流血，我不想让他或别的士兵看到，不然他们会笑我是个女人。所以那晚，我提了一盏油灯向小河边走去。

这一次，我甚至连害怕的感觉都没有，因为刚刚发生的事让我气愤和迷惑。我脑袋空空的，只管沿着小路在黑暗中瞎走，丝毫也不怕自己被魔鬼掳走。来到河边，我让屁股先入水，然后仰躺在水中。我感觉着河水缓缓淹没我的胸膛，包围我的脸。倘若我有足够的勇气，我就会大口喝水，或者吞下石子或别的什么，让自己无法呼吸，一直沉到水底且永远留在那里。可我不想这样死去，以这种方式结束生命，祖先是不会接纳我的。我的灵魂也会一直被困在水底。我在水下憋住气，当我想张口喝水时，心里便一阵害怕，于是两条胳膊就拼命扒水，吓得青蛙们呱呱乱叫。

那晚摸黑走回驻地时，我脑子里一直盘旋着祖先的声音。双脚不时踩在荆棘上，疼得我连路都走不稳。我踉踉跄跄，跌跌撞撞，还要时刻小心不要摔了油灯，否则司令官肯定会要了我的命——那可是一盏很值钱的油灯。

我用了很久才回到大力神睡觉的那间屋子。进屋时，他在他的垫子上睡得正香。我不知道我的垫子跑哪儿去了，便在他旁边的水泥地上躺下。这时，他的一只胳膊搭在了我身上，但他并没有睁开眼睛，所以我也不知道他是不是醒了。那晚，我一夜没睡，就看着他在垫子上翻来覆去，一会儿吮吸下手指，一会儿又抓一抓他的小鸡鸡，时不时还冲着空气挥舞一通拳头。天快亮时，我的上下眼皮儿终于开始打架，难以抵挡的困意使我暂时忘记了屁股的疼痛和烦人的头痛，我昏昏睡去。我一定睡了很久，因为醒来时，大力神已经不知所踪。旁边的地上倒是留下了一幅画，大意是对我说：上帝会惩罚他的。

现在，司令官又对我做着同样的事，尽管我已经不再恐惧，但感觉却仍和第一次一样恶心。他喜欢对着我悄悄说话，好像我是个女人。做完这恶心的事后，他的手在我的背上来回抚摸了几次，擦掉汗水，又摸了摸我的头，仿佛这时我又成了个孩子。完事之后，他总是非常安静，我能听到他用手帕擦洗自己的声音，擦完后便坐在床上低头不语。

蚊帐外面依然闪烁着火光，司令官坐在床沿，双手垂在两腿之间，身体一前一后地微微晃动。我很想知道他此刻在想些什么。我用手捂着屁股，不停按压以缓解疼痛。我枕着他满是汗臭味儿的枕头，像牙签一样的东西从枕套里冒出来，戳着我的脸。这张小床勉强承受着我们两人的重量。他每呼吸一次，小床便吱吱呀呀叫一声。我把舌头缩进嘴里，生怕自己忍不住疼痛咬断了它。他的呼吸格外深长，仿佛黑暗是可以消除饥饿的食物，势要把它们全都吸进肚子。

“阿古，”他对我说，可他似乎筋疲力尽，说话时连舌头都懒得抬一下，“有些事你想不想知道？我可以告诉你。”

我不想知道任何事。此时此刻，连听到他的声音都是一种折磨，尽管他的声音因为疲惫而变得极其微弱。我不想听他的呼吸，也不想闻到他呼吸之间流露出的愤怒和忧虑的气息。我只想冲出去把那堆火吞进肚子，让它把我肚子里的一切都烧光、烧尽。

可我却习惯性地说："好的，长官！好的，长官！"他伸手摸了摸我的后脑勺。我想咽下点口水，却忽然发现自己吞咽有些困难。口水在我的嘴里越积越多，最后流到了枕头上。他看着我的背，我能感觉到他的目光上下扫过我赤裸的身体。他的注视犹如成千上万只蚂蚁在我的皮肤上爬来爬去，它们从容不迫地啃噬着整个世界。我翻了个身，从眼角看着他。虽然棚下一片昏暗，但我仍能看到他红红的双眼，像魔鬼一样吓人。微弱的光线使他的鼻子显得更尖，舌头舔过的嘴唇闪闪发亮，好像他刚刚吃过一顿美味佳肴。

"阿古，我并不是坏人。"他一只手搭在我的背上，轻柔地说。

我的泪沿着脸颊滚滚而下，在枕头上与我的口水汇合。我想对他说："我不愿再打仗了，我的灵魂已经和腐烂的水果没什么两样。"但我知道，如果真这么说了，他一定会像抽其他士兵一样抽得我满嘴流血。我咬着枕头，不让自己发出声音。木签扎着我的嘴巴和舌头。我含泪忍着。我想离开。

司令官的手指从我的脖颈往下移动，在我的背上调皮地跳起了舞。可于我而言，他的手指所到之处，我都感觉像被开水浇烫一样痛苦。随后，他抓住我的手，把它从我的屁股上移开。

“别担心。”他说，“会好起来的。”

第七章

我们要离开这里了。离开之前，我们拆掉了营地。全拆了，连一根木桩都没有留下。这天早上格外凉爽，风吹在身上特别舒服。如果没有战争，如果我们都是普通人，而不是士兵，我们一定会忍不住欢呼："多好的早晨啊。"太阳露头之前最是惬意无比。我们一个个从睡梦中醒来，伸伸懒腰，活动活动筋骨。虽然每个人都饿得肚子咕咕叫，可是没有人吃饭。

我们这里一直遵守001的原则。当兵之前，我可不知道001是什么意思，但现在我却清楚得很——它表示没有早餐，没有午餐，只有晚餐。晚餐之外的其他时间如果你想吃东西，通用的办法就是把前一天的晚餐省出一部分。要不然，就只能靠洗劫村庄或者庄稼地，那样我们就能吃个够了。

要走的时候，大家都知道该干什么。食品一类，煤油和燃料一类，分别装上不同的卡车。每个人要确保带上自己的刀和枪，谁要是弄丢了武器，司令官准会毫不客气地把他赶出队伍。

这就是我们正在做的事。装车，拆营房。拆下的棕榈枝干堆成小山，临走时一把火烧掉。“全部烧掉。”司令官命令道，“快点。全都拆了，堆成堆。如果政府军到了这儿，我们要保证不给他们留下任何可用的东西。”士兵们提着煤油桶，把煤油倒在成堆的木头上。司令官拿着火柴走向我，说道：“你来点火！”在我们这里，这可是一份莫大的荣耀。当然，我很清楚他为什么选中我。我很乐意接受这个光荣的任务，但它所带来的满足感仍不足以抵消我对他昨晚所做之事的排斥与厌恶。不论他给我什么，都不会让我喜欢上那种事。我只是嘴上不说，免得挨打。

我从司令官手中接过火柴，噌噌噌连划了几下，嗤，火柴头上燃起了火苗。火药味儿直冲我的鼻孔，害得我好想打喷嚏。我拿着燃烧的火柴棒，直到整根火柴都快要烧着才把它扔向木堆。一时间，大火熊熊燃起，但并不像轰炸或炮击一样伴随着巨响。热浪袭人，火焰越蹿越高，整个营地陷入一片火海。火焰呈现出落日的颜色——很好看的橘黄，然而火焰烧到哪里，哪里就变成一片乌黑。浓烟滚滚，透过烟与火，对面明明静止不动的东西，却好似在跳舞一样左右摇摆。

我们在火堆前欣赏了一会儿，直到热浪熏得我们步步后退，浓烟呛得我们又是咳嗽又是流泪。

我们站好队。我和大力神获准坐在卡车的驾驶舱里。于是，我们看着其他士兵一个一个爬上卡车车厢。由于人太多，每辆卡车都被压得叽叽歪歪，像受伤的野兽在呻吟。我和大力神正准备爬上车时，司令官走了过来，对我们俩说："等等，你们两个今天做我的贴身警卫，坐我那辆车。"

然而，司令官的卡车上只有一个座位，我们只好挤一挤。司机坐在驾驶座，我坐在司机旁边，大力神挨着我，司令官紧贴副驾驶座一侧的车门。司令官的卡车比其他车都要高级。这里的座位上有软垫，坐在上面非常舒服，窗玻璃可以升降，还有广播可听。司机打开广播，我们随着歌声像蜥蜴一样不停地点头，手指也不由自主地打起了拍子。

我望着车窗外面一闪而过的景和物。呜，一棵树过去了。呜，一栋房子过去了。呜，一个人过去了。我想，一切都过得如此飞快，等战争结束时，我恐怕都成老头子了。我知道，我已经不再是小孩子，战争结束之后，我再也不能像过去那样做各种小孩子才做的事。我要回去教书、耕地，或者当医生或工程师。我要找到我的妈妈和妹妹，但我永远也见不到我的爸爸了，因为他已经死了，被这可恶的战争害死了。

我的思绪就像那望不到尽头的公路，不停地向前延伸，一直把我带到遥远的将来。有时候，我会想很久以后的事，有时候我会想很久以前的事。

我扭头看了看司令官和大力神，心中暗想，他们原本也是平静优美的人啊，然而战争结束后，我们还能变回从前的样子吗？我不知道。我只知道现在的我们，像一群野兽。

第八章

坐车，走路，坐车，走路，打仗，训练；从公路钻入树林，从树林杀回公路。这就是我们每天干的事情。因为除了这些，我们也确实无事可做。直到有一天，我们到达了一座小镇。司令官说那是他的小镇，因为战争之前他曾在那里生活。我看到一块标志牌，上面写着：欢迎来到丰源镇。我上过学，所以认识上面的字，也明白“丰源镇”这三个字的含义，它表明这里拥有丰富的资源。可我不明白这个牌子对我们来说有什么意义。我想找人问问，可找谁是个问题，所以我干脆忍着不提了。

站在路上，感受着徐徐的微风和脚底柔柔的青草，我有些陶醉，但我知道闭嘴的重要性。所以，尽管心里思绪万千，但我什么都没有表露出来。我想我再也快乐不起来了。

来这里之前，司令官对我说他的小镇胜过别的任何小镇，这里就是人们常说的《圣经》中的伊甸园。“在这个地方，”他说，“在这个地方，嗯，一切都是美好的。如果你站在山顶眺望小镇，会发现小镇房屋的屋顶五颜六色，红的，绿的，蓝的，黄的，橙的，所以整个小镇就像一片花圃一直延伸到银光闪闪的河边。啊，那条河别提有多清澈了。它就从镇的一头经过，像丝带一样漂亮呢。”

他还说：“也许将来，大鸟会从天上俯冲而下，直扑河面，因为它真把小河当成了丝带，想要把它抓走呢。哈哈，阿古，我们那里一直都有电，有喝不完的水和吃不完的食物，像鸡啊，牛啊，山羊啊，还有蔬菜和水果，应有尽有。小贩儿会把任何你想要的东西带到这里来卖，几乎没有他们拿不到的东西。如果你想要漂亮的衣服，他们能满足你。如果你想要优质的木头，他们同样能满足你。还有金银珠宝之类的，这里全能买到。可以说，我们这里要什么有什么。可这还不是我最爱它的地方呢。”

“你知道这里最让人爱的是什么吗？”他问我，“是女人。啊，这里的女人实在太美了。看见她们，也许你还没反应过来呢，你的‘兵’就已经先立正了。她们的奶子像枕头一样大，又圆又软。你想想，兜着奶子的衣服得多开心啊。还有她们的屁股，哦，又翘又结实，坐着时，连椅子都快活得想唱歌。她们比谁都懂得怎么让男人开心。”司令官说到高兴处，激动地叫了一声，“卡伊！上次在这儿的时候，嗯，我一天之中找了四个女人，直到我的‘兵’累得吃不消了为止。”

“你根本想不到这个地方有多好。它好得难以形容。”司令官说。我睁大了眼睛望着他。于是，他问我：

“你眼睛睁那么大干什么？嗯？你觉得我在撒谎吗？嗯？阿古，你觉得我在撒谎，是不是？”

“我跟你讲讲这个镇的起源吧。”他说，“很久很久以前，当然，也不至于久到人类还没出现。总之是在村庄与村庄之间还没有开始走动的时候。有一个小贩儿，他只在自己的村子里卖东西。可这人是个贪心鬼，他把一切能卖的东西都换成了钱，所以成了全村最富有的人。他家里的院子比谁家都大，地窖里存的甘薯比谁都多，而且老婆、孩子也是最多的，连村长都比不上他。

“有一天，村子里爆发了饥荒，虽然规模不算大，但仍然导致很多村民开始饿肚子。由于土地同样缺少养分，结果庄稼的收成也少得可怜。于是，他们来找这位富人。这些乡亲全都穿得破破烂烂，像要饭的一样。他们大声哀求这个富人，不过因为他们饿了很久的肚子，所以即便全村人一起大喊，声音也小得可怜。‘求求你了，老爹，把你家存的粮食分给我们吃吧，我们都快饿死了。’富人满头大汗，看了看他的存粮，又看看饥饿的乡亲，说道：

‘你们凭什么来分我的甘薯呢？我在地里收甘薯的时候你们有一个人来帮过忙吗？’村民们听了很不乐意，因为富人是挣了他们的钱才发家致富的，要不然他也种不起那么多甘薯。一时间群情激愤，他们大骂富人为富不仁，并群起攻击他和他的家人。而这个富人又恰巧是个胆小鬼，他撇下家人不管，独自一人逃跑了，结果村民们就抢了他的家。

“富人走啊走，走啊走。他慌不择路地钻进了丛林，走了很多很多天。没有吃的，没有水，他的衣服被灌木丛刮得稀烂，双脚也被树根和石头磨破了皮。直到有一天，他遇见一个躺在路边的老太婆。这个老太婆瞎了一只眼睛，牙齿全掉光了，说话的时候满嘴漏风，所以大多时候，你根本听不懂她在说什么。但富人从她身上闻到了食物的味道，于是，他走到老太婆跟前恳求道：‘老妈妈，可怜可怜我吧。我原本是个生意人，被迫离开了村子，路上又遭了强盗，现在我一无所有，连口喝的水都没有。’这个老太婆实际上是个巫婆，她对富人说，别担心：‘只要你为我做一件事，你想要什么，我就给你什么。’实际上，富人从来就没有帮助过任何人。你想啊，如果他不是个自私自利的家伙，又怎么可能发得了财呢？但这一次因为不想再饿肚子，他很认真地听着。

“巫婆说：‘我身体已经虚弱得走不动路了，但我的房子离这儿不远。你去我家，把我做的甘薯汤端过来，但是路上你一口也不能吃。’富人按照巫婆说的在丛林中央找到了她的小屋。小屋周围臭气熏天，垒墙用的泥土眼看就要坍塌。这可以理解，因为巫婆只有一条腿，不能像咱们一样经常修理小屋。富人闻到了甘薯汤的味道，于是便走进小屋。只见小屋中央的火堆上支着一口大锅。富人已经饿得受不了了，径直坐下就吃了起来。吃饱之后，他顺势躺在地上睡起了大觉。

“醒来后，看见锅里的汤所剩无几。他羞愧万分，从火上端起锅便去找巫婆，边走还边想：哦，天啊！我该怎么办？我该怎么办？来到巫婆面前后，他趁巫婆还没开口便抢先说道：‘老妈妈，真对不起，我把汤弄洒了，锅里只剩下一点点。我不是故意的，请你一定要原谅我。’巫婆看了看他，不动声色地说：‘你吃饱了吗？’富人点头说：‘吃饱了，吃饱了。汤很好喝。’话一出口，他便立刻意识到自己露了马脚。只见巫婆抬头看着他叫道：‘哼哼，你是个骗子！你应该知道我是巫婆，我把我的另一只眼睛留在小屋里了，所以你的所作所为我全能看见。’她对着富人大吼。但富人辩解说：‘我已经走了很多天的路，实在太饿也太累了。所以求求您原谅我吧。’巫婆说：‘好吧，起码你把剩下的汤给我送了过来。我为你的遭遇感到抱歉，所以决定在你离开之前帮你实现一个愿望。在这个世界上你最想要什么？’

“富人听了十分开心，但他心里也不免疑惑。她对我为什么这样慷慨？然后，他问巫婆：‘真的我想要什么就能有什么吗？什么都行？’巫婆回答：‘是的，任何东西。’于是，富人想起自己在村子里失去的所有财富：他那锦衣玉食般的生活，舒适的床和其他精美的物件。于是，他对巫婆说：‘老妈妈，求求你。如果你能给我任何东西，那我就要这个世界上的全部财富。’巫婆生气了。‘蠢货！’她骂道，‘你心里只想着自己！’说完，她气冲冲地爬起来，用仅存的一条腿跳着离开了。不过临别之际，她冲富人喊：‘沿着这条路一直走，要不了多久，你会遇到一条河。在河边躺下睡一觉，醒来时你的愿望就实现了。’

“富人听了一句话也没有多说，转身就跑向丛林。只过了一小会儿，他就来到了一条大河边，那河水在太阳下闪着银光。他跪在地上，一想到马上就要拥有全世界的财富，他禁不住高兴得大笑起来。他找了一块石头当枕头，尽管兴奋得根本睡不着，他还是躺下了。不知过了多久，他总算睡着了。

“但这个富人再也没有醒来。他变成了一个市场，市场里应有尽有，全世界的财富都能在这里找到。所以，你现在看这座小镇，会感觉它就像一个人躺在河边。也就是因为这个传说，人们才说不要相信这个镇上的任何人或任何东西。因为它原本是一座市场，市场上什么都有，但什么都不是原本该有的样子。”

司令官一口气讲了这么多，我的眼睛早已经不再睁得又大又圆。我一会儿看看这边，一会儿看看那边。士兵们热情高涨，他们议论着将从这座小镇上得到的吃的、喝的，以及女人。沿着山坡向小镇进发时，我看见市场绵绵延延，吞掉了许多房屋。街上垃圾遍地，闻起来像腐烂的尸体。我看见动物的残肢和脑袋，想吐的感觉非常强烈。怎么会这样呢？别说动物了，连人的尸体我都见过啊。可偏偏这一次，我的肚子却闹腾起来。

所到之处，我们眼里总能看见垃圾、死掉的动物，还有死人。所有的房子，远看似乎还好好的，走近了却发现个个破烂不堪，就像上了年纪的老头儿、老太太，连站都快站不稳了。子弹孔密密麻麻，像蝗虫一样布满土墙、砖墙，甚至水泥墙。地上不时也能见到大大小小的弹坑。有时候，你会感觉自己像在开车——房子，房子，房子，没有房子，长时间没有房子。地面就像被神灵用巨大的拇指摁了许多下。很多地方都有闪闪发光的碎玻璃，有些房子的废墟里还冒着烟。我偷眼望大家，看有没有其他人也像我一样在看这些东西，可惜我是唯一一个为这里感到难过的。他们一心想着能从这里搞来吃的、喝的，还有女人。可我年纪小，还不懂得男女之事，但我经常听他们议论女人，所以我也想要个女人，好让我的“兵”也舒服舒服。可想归想，我不能像他们那样去抢。

这个镇真有司令官说的那么大吗？它的市场真的什么都能买到？我没有看见。市场里空无一人，整座小镇几乎都是空的了。有太多屋顶被枪炮打得像蜂窝一样。我不禁想，这里每天要死多少人啊？一定很多，因为活着的人已经顾不上埋死去的人了。他们把死尸像扔垃圾一样随便丢在了街上。

我们从卡车上下来，步行向前，边走边搜索任何有用的东西。不知道司令官有没有告诉大家应该找什么。我想应该没有，如果有的话，大家一定会疯的，因为我们几乎什么都没有找到。我们走进市场，一无所获。从市场里出来，仍是两手空空。

我在院子里左看看，右看看。这里和司令官说的完全不一样啊。不过尽管如此，这里活的东西还是比我想象的要多些。首先，我看见一只骨瘦如柴的猫趴在地上舔一根沾满尘土的鸡骨头。骨头像石头一样又干又硬，我甚至担心会崩了它的牙齿。可那只猫似乎并不介意，好歹是根骨头，能过过嘴瘾。我们转过一个街角，这时，我终于看到了几个走动的活人。这些人对当兵的好像已经见怪不怪，并不像其他地方的人那样看见我们就跑。我想他们是不是没看见我，没看见我们？我们是不是已经死了，变成了鬼？或者难道他们是鬼？这里的人看起来全都一个样，我分不清哪个老，哪个小，哪个是男，哪个是女。于是，我纳闷儿极了，这个地方的人真把我搞糊涂了。

我跟在司令官、副官、兰博和大力神后面。其他士兵全跟在我后面。我们拐上一条只能容得下一辆卡车和一排人通过的小路。小路两旁尽是些两三层的低矮楼房，女人们从窗户里探头看着我们。哎呀，她们只在胸前裹了一条布。司令官、副官、兰博，还有其他人都忙着左顾右盼，好像见到了我们从没见过的好景致。这些房子的院墙几乎全塌了，但每栋房前仍有看门的男人或女人。他们手里拿着棍子，坐在门口看着我们，脸上并没有笑。我听见有人大声喊道："别担心，宝贝儿，别担心！我们回来找你啦。"

我们走了好一会儿，直到司令官满意地哼了一声，我们才在一个地方停下来。这是一处单门独户的房子，但大门外却不见看门的。我们在吱吱呀呀的声音中推开生锈的铁门。院子里很荒，一看就知道很久没有人来过，因为草已经长得比我都要高了。我很奇怪司令官为什么把我们带到这里。这时，我看到了枪，好大的枪，我见过的最大的枪。枪下甚至还有个座，可以让人坐在上面开枪。枪旁边是一堆垒成三角形的子弹。天啊，那子弹比我的胳膊还粗。这些枪全都架在轮子上，轮子比我的个头还高。我一看就想跑过去摸摸。这些枪和子弹全都生了锈，似乎已经很久没有人碰过。我们哪见过这样的家伙儿啊？所以，大家全都看呆了。

“立正！”司令官喊道。只见大伙儿全都挺直腰板，在原地摆出立正的姿势。接着，司令官又说：“我们要打起精神，有个当兵的样子，同时还要注意休息，过不了多久，我们就知道是怎么回事了。”大家全都竖起耳朵听着，可没有一个人听懂他的意思。他说我们要上前线，要打这里还有那里的敌人，可敌人是谁呢？我一辈子也没有到过他说的这里和那里。反正这也没关系，因为我只要服从他的命令就行，其他的我才不管。司令官扯着嗓子喊了一通后，便下令我们解散，就地扎营。

乍一来到这个陌生的地方，很多士兵在解散之后做的第一件事就是四处转转，可我最感兴趣的是那架大大的枪。我很想坐上去，看能不能对着天空开几枪。但司令官让我和大力神跟着他。于是，我们便一前两后地走进了院子里唯一的那栋房子。

开门进去，屋里特别亮堂，因为房子上有不少窗户，只是玻璃全都没了。我一下子就看出这里以前应该是学校，我们进去的这间房子就是教室。因为屋里有长凳、桌子和黑板，还有好多好多地图，地图上扎着绿的、黄的、蓝的和白的大头针。有的地图钉在墙上，有的铺在桌上，有的干脆扔在地板上。我的头扭来扭去，因为我感觉自己好像钻到了世界的肚子里，从里面，而不是从外面看着世界。但那些并不是世界地图，而是我们自己国家的地图。

我在地图上看到了一些熟悉的地名，听说那里在打仗。还有些地方，据说前一天在敌人手里，后一天那里的敌人就不见了。其实我并不知道，全国各地都在打仗。我看着那些五颜六色的大头针，心想，如果我要逃命，能逃到哪里去呢？到处都在打仗啊。我的心怦怦直跳，身上也开始冒汗，头晕晕乎乎的，我想坐下。

忽然间，这里变成了我的教室，我站在角落里，就像上课说话太多或者作业做错太多时被老师罚站那样。我看到那些曾经熟悉的面孔，他们坐在教室里上着课。教室前面，一个女人正在黑板上写字。她的步子有点软软的，可人看起来很像格洛丽亚夫人。她在黑板上写着：“我拒绝杀戮，我拒绝杀戮，我拒绝杀戮。”所有人都认认真真地抄在他们的书本上。“我拒绝杀戮，我拒绝杀戮，我拒绝杀戮。”除了我，因为我手里没有笔和书本。于是，老师转身看着我。

我害怕极了，因为她长了一张被我杀死的那个女人的脸，而且她的脸上和眼睛里全都是血。她拿着一把像河水一样闪着光的大砍刀向我走来，嘴里还说：“你听不懂我们正在上的课吗？”所有的学生都扭头望着我，可他们共用着同一张脸——被大力神打死的那个女孩儿的脸。我吓得直想大叫。

“阿古！”

听到有人喊我的名字，我从恍惚中醒过神来，发现自己仍然置身于地图的世界，而司令官正望着我。于是，我喊道：“在，长官！”同时双脚一并，立正站好，并努力摆出骄傲和强壮的架势。

他问我：“怎么回事？怎么回事？”可我没有回答，

我的嘴巴闭得紧紧的。然后，他说：“走吧，咱们到外面去。”

天色已暗，但院子里却闹腾起来，因为到了做饭的时间。士兵们聚在一起闲聊。我三心二意地听着，心里却想着地图和打仗的事儿。我有点害怕，除了打仗，是不是真的没有出路了呢？

天黑了，我们连根火柴都不敢划，因为要是被敌人发现，我们就惨了。他们会派直升机和战斗机过来，对我们又是轰炸又是扫射。四周一片漆黑，但到处都有声音，说话的，唱歌的，像出没在暗夜中的精灵。不管你往哪个方向走，总能听到不同的聊天，不同的故事，不同的歌。此刻，我们不像一支军队，倒有种学校或家的感觉。大伙儿各自找各自最要好的朋友，寻一个最中意的舒适角落缩起来。我到处找大力神，只是因为什么都看不清，我不得不放慢步子，而且还要伸出两条胳膊向前摸索。

天黑得伸手不见五指，就像一头扎进了妈妈的怀里。哎呀，我忽然想起了妈妈，她对我多好啊。每当她抱我时，我就只能看见她胳膊上的黑色皮肤。她抱我抱得那么紧，让我感觉生活是多么幸福。眼前的黑暗使我觉得自己好像从里到外翻了个个儿。我脑子里的念头全都漂浮在外面，衣服却跑到了身体里面。我伸手在空气中胡乱地划拉，努力把那些漂浮的念头抓在手中，免得自己变得不再完整。

我凭印象朝着房子的方向走去。走着走着，我好像听到了当初在学校时的各种声音：笑声、哭声、课间的玩闹声。我听到铅笔在纸上写字的声音，听到粉笔在黑板上写字的声音，听到我在石头上磨橡皮的声音。我听到女生们撕纸和传纸条的声音，听到男生们互相告知着答案，以便在考试中超过女生们。我听到蜥蜴爬上墙壁偷偷注视我们，听到蚊子嗡嗡飞进教室，搞得我们连老师讲什么都听不清楚。我听到戴克在上课时偷偷嚼口香糖；听到我自己做数学题时，凉鞋在脚下有节奏地拍打地板。而后，格洛丽亚夫人告诉我们，放学了，我们可以回家了。我听到每天放学时同学们的集体祷告：“上帝啊，请帮助我们正确运用所学的知识。”听到这么多声音，我的心一下子沮丧到了极点。

司令官一个人坐在房前的台阶上抽烟。他望着夜空，抽烟的时候特意把烟头朝下，免得被人看到火光。我心里暗暗祈祷，但愿他没有看到我，也别同我说话，尽管此刻我正走向他。可他就像动物一样，即使不用眼看，也能察觉到有人在靠近。只听他冲我喊道：“阿古！嘿，阿古！你干什么呢？给我过来！”等我过去了，他又非常柔和地说：“坐下，坐下。”于是，我乖乖地坐在了他旁边，可因为天太黑，我们中间犹如隔了一堵厚厚的墙，我担心他根本看不见我。

我闻着他喷出来的烟味儿，开始后悔把自己的烟跟别人换了几块小小的饼干，因为那几块饼干并没有顶什么用。我仍然饿得肚子咕咕叫，而此刻我却十分怀念我的烟。他把烟一直抽到尽头，直到火光消失，他的脸也不再反射出橘黄色的光。他便把一只手放在我的头上，并用粗糙的手掌抚摸我的后脖颈。“有时候，阿古。”我想他在对我说话吧，“有时候，我真为你感到难过。”我扭头望向他，黑暗中却看不清他的脸。可他并没有说“阿古，有时候我真为你感到难过”这句话。我倒希望他对我说点儿类似的话。他朝我身边挪了挪，但我又偷偷挪远了些，我们就在这所学校的走廊下重复着这样的动作，直到副官冲我们这里喊叫：“长官，是你吗？那是阿古吗？”于是，司令官说：“嗯，走吧。你是我的贴身警卫，所以我去哪儿，你就要跟着去哪儿。明白了吗？”

司令官说今晚我们要出去。他把全体士兵分成两半，然后对着其中一半说：“今晚，你们跟我走。”随后，又对另一半说：“你们留下。”被留下的似乎很不乐意，一时怨声四起。司令官又说：“别担心，这里女人多的是，明天还会有的。你们先养精蓄锐吧。”我跟着司令官和副官，他们一路上一直在讨论着酒啊、钱啊和女人。因为不敢发出任何光，我们在黑黢黢的公路上走得像蜗牛一样慢。身边的人全都一副饥渴难耐的样子，好像马上就要吃到什么美味佳肴，包括我。虽然晚上吃得饱饱的，可现在也忽然觉得饿起来，而且在路上每转一个弯就更饿一分。我看不出我们到底要去哪儿。所有的房子里都黑乎乎的，甚至连油灯或蜡烛的光都看不到，整座小镇就像死神的家乡。

我们在一个院子的水泥墙外停了下来。司令官跺跺脚，朝地上吐了口唾沫，骂了一句。大门口有个女人，坐在一张凳子上，手托着脑袋，脚边趴着一条狗。见我们走近，那狗低声呜呜叫了起来。她用手电筒在我们脸上快速晃了一下，说："你们来了？"有人问道："老板娘，谁惹你不高兴了吗？"她瞥了我一眼，说："小孩子不能来这种地方。""蠢女人！"我骂道。但司令官拍了拍我的头说："他是我的贴身警卫。"于是，她点点头，朝我吐了口口水，口水落在离我的脚不远的地方，但没有挨到我。"魔鬼保佑你。"她说。但我没有理会，径直从她身边走了过去。

进了大门才发现，这个院子比我们扎营的地方要小一些，但房子却很大。我听见发电机嗡嗡作响，但四处却看不到一盏亮着的灯。我们走进房子，来到一个房间才看到许多蓝色的灯，把房间里的桌子、椅子和其他东西全都映成了蓝色。就连我和司令官的皮肤也黑里透着蓝，像死了一样。

一个女人向我们走来，她的眼睛像蓝色的钻石。这女人走路有点瘸，拖鞋随着脚步拍打着地板，好像地板惹她不高兴了似的。她每走一步，周围桌子上、酒杯上的苍蝇便纷纷躲避。这里几乎到处都是酒杯，屋里弥漫着啤酒和烈酒的气味儿。角落里，面包条像水泥砖一样高高垒起，几乎堆到屋顶。从面包堆后面传来诱人的烤肉和炖汤的香味儿。

屋顶上挂着许多啤酒和矿泉水的旗子，好像那是每个人都应该去体验一番的不同国度。它们不像普通的旗子那样前后摇摆飘动，而只是一动不动地挂着。每扇窗户上都钉了厚厚的木板，并用黑色的布遮住，不让一丝光线泄露出去。而因为整个地方近乎密闭，所以屋里格外闷热。

我们一群人全都挤进屋子，一个个稀奇地左顾右盼。我听到像蚊子一样的嗡嗡声，抬起头时，看到了一台电视机。电视！在这场战争中？你能想象吗？电视里没有声音，但正在播放着一部电影。只见屏幕里一个警察和一个妓女样子的女人正在争吵。哇，这可是一台真正的电视！战争以来，我还从没见过这么高级的东西呢。

“老板娘，快拿点东西来招待我的士兵。”司令官对那个女人说，其他人则只是笑。“快拿啤酒，矿泉水，能拿的全拿上来！”司令官喊道。

直到这时，我才看见坐在房间后头凳子上的那个女孩，她既年轻又漂亮。老板娘冲她吼道：“快起来啊，不长眼的东西！没看见有客人吗？”年轻女孩起身走向冰箱，弯腰拿东西时，她的屁股高高撅向半空。我看见司令官和其他士兵全都目不转睛地盯着她的屁股看，好像那是一块香喷喷的肥肉。他们看完还互相傻笑一阵。“呵呵，嘿嘿，嘻嘻。”女孩转过身时，我看见她绑在头上的白色带子已经被汗水湿透，而因为光线的问题，白带子变成了蓝带子。她微微张开嘴巴吐了口气，结果有个泡泡从嘴里飞了出来。她说：“天气太热了，没有冰块儿冰啤酒。”司令官一听顿时火冒三丈：“没有冰？开什么玩笑？嗯？”“因为在打仗啊。”女人说。“哼，打仗也不妨碍你们制冰啊。把喝的拿过来，就算是温的我们也喝。”司令官粗声粗气地说。

当那个拿酒的女孩儿走过来时，司令官立刻像变了一个人，伸手在她身上摸来摸去。“宝贝儿。”他一边摸着女孩儿的屁股一边说，“宝贝儿，我爱死你了。”可从女孩儿的表情看，她似乎并不爱司令官。其他人哈哈大笑，盯着女孩儿的咪咪流口水。因为女孩儿出了很多汗，咪咪在湿透的衬衣下格外诱人。我也盯着她的咪咪看，看着看着，我的“兵”站了起来，下半身怪舒服的，可是脸上却火辣辣地烫。

大伙儿一边笑一边喝着温啤酒，这时我对年轻女孩说：“喂，给我们端些面包吃吧。”结果，那女孩冲我咂了咂嘴：“怎么？打仗打傻了？连什么叫尊重长辈都忘了？你们瞧瞧，这小屁孩儿胎毛还没褪干净呢，竟然使唤起我来了。哼！小东西，我都可以给你当妈了！”其他人又是一阵哄笑，吓得苍蝇们腾空而起，飞进蓝色的光里。不过说归说，她还是去把面包端了过来。回来时，司令官在她咪咪上抓了一把，而她在司令官的手上打了一巴掌。不过，司令官并不生气，他和其他人全都笑眯眯的。

老板娘一直皱着眉头站在旁边，这时，她终于忍不住了。她说：“如果你们想找女人，后面多的是，只要你们有钱，但不要对这个姑娘动手动脚。”于是，大伙儿都站起身，跟着老板娘穿过一扇门，走进后面的一个房间，把我一个人留在原地喝温热的啤酒，吃那个女孩儿丢给我的大块儿面包。我就这样等着。十分钟。二十分钟。我盯着电视，继续看那部警察和妓女的电影。我津津有味地吃着面包，看见那个年轻女孩儿过来收拾桌上的空酒瓶。

我盯着她的咪咪，也想学司令官那样摸她的屁股，可我刚把手伸出去，就看见她正恶狠狠地瞪着我。那架势好像只要我敢动手动脚，她不仅要把我活活打死，还要吃我的肉、喝我的血一样，所以我又乖乖地把手缩了回来。我觉得好热，屋里实在太闷了，于是我索性出去透透气。

坐在屋外的窗户下面，周围一片黑暗，耳朵里充满了从屋里传来的各种各样哼哼唧唧的声音，就和司令官对我做那种事时发出的声音一模一样。我听得耳朵直痒痒，我的“兵”也越来越硬，在裤裆里支起了一顶小帐篷。

我不知道该怎么办，就隔着短裤摸它，那感觉挺好，于是我便继续摸下去。屋里男人和女人们发出的声音好像在为我助兴，我越摸越觉得刺激，手开始越来越快地上下套弄，就像我的“兵”已经不再是我身体的一部分了。我一边套弄，一边想象着摸女人的咪咪和大腿的感觉。想到高兴的地方，我情不自禁地闭上眼睛。我的心跳越来越快，心脏仿佛要从胸口蹦出来一样。啊，我真喜欢这种感觉，所以一直没有停下手上的动作，直到我忽然听见有人尖叫一声：“哎呀！杀人啦！”

接着便是一阵乱七八糟的脚步声，我的手松开我的

“兵”，爬起来就往那间亮着蓝光的屋里跑。只见我的同伴纷纷从他们各自的房间里钻出来，各个一脸茫然。这时，我看见副官扶着墙走出来，嘴里流着血，在蓝灯下闪着黑乎乎的光。我看着他，并没觉得有什么不对劲的，心想说不定他心里正美着呢。可当我看到他的表情，便立刻意识到出了事。他好像正忍受着世界上最难以忍受的痛苦，让我看了都不禁有些可怜他。其他士兵走过去，架住他的两只胳膊，让他在椅子上坐下。

司令官只穿了一条短裤从里间走出来，他的“兵”还直挺挺地立在裤裆里。他冲我们吼道：“怎么回事？”大家都看着副官，然后又看看紧随副官从房间里走出来的那个女人。她身上也在流血，看起来就像有人揍了她一顿似的。她连路都走不稳，只能扶着墙慢慢往前挪，同时，她的一只手还按着脖子。大家一时都不知所措。这时，老板娘出来了，问我们怎么回事。其他女人也从房间里走出来，有的身上只裹了片布，有的干脆光着身体就跑了出来，好像那很正常一样。

大家都看着副官，他指了指自己的肚子。“怎么了？”一个人问。随后，他们把副官抬到电视机下面的桌子上，让他伸开四肢。“卡伊！”有人惊叫。“啊？”另一人也说。他们低头看着副官的身体。我也挤到前面去看是怎么回事，结果就看到副官的肚子上插了一把刀。我吓得不由得摸了摸自己的肚子，谢天谢地，我的肚子还好好的。副官似乎连喊叫的力气都没有了。他只是躺在桌子上抽搐，嘴里不知咕哝着什么，像个疯子一样。

司令官大吼：“这是谁干的？”老板娘走上前：“到底怎么回事？嗯？”她看着那个浑身是血的女孩儿。女孩儿哭哭啼啼，手捂着喉咙，剧烈地咳嗽了几声。说：“他抓住我的脖子朝死里打，我能怎么办呢？我一个弱女子根本打不过他啊。我看见他裤子上别了一把刀，就想着用它吓唬吓唬他，好让他放开我。我没想到会这么严重。”

我看见司令官的脸色阴沉下来，屋里除了浓浓的汗味儿，顿时多了一股恐惧的气息。我以为他会命令我们把那个女人抓起来枪毙。可他没有开口，只是原地转了一圈，把我们看了个遍，然后又低头看看躺在桌上发抖的副官。“好了，所有人都起来！抬着他，咱们离开这儿！”说完，他看了一眼正拿着一块布给那个女孩儿擦血的老板娘。女人们全都不吭声，因为她们早被吓破了胆。

“快点！抓紧时间！”司令官命令道。然后，他扭头钻到里间去穿他的衣服，其他士兵纷纷照做。于是，我们抬着副官重新回到外面的黑夜里。大门口的那个女人睡得像死猪一样，屋里发生了什么她全然不知。当然，我们中也没人去告诉她，因为大伙儿都忙着呢——每个人都在努力把自己的“兵”按回到裤裆里，同时还得提着裤子，免得它掉下去。

我们在这个地方停留了整整三天。这期间，副官丝毫没有好转。每天都会有人拿布、水和肥皂为他清洗肚子上的伤口。可那根本不管用，他一到晚上仍旧哆嗦个不停。我们让他躺在屋里，起码蚊子会少一些。况且没有那么多人走来走去，我们也就用不着担心房子会塌下来。整整三天，守护他的人看着他的眼睛睁开又闭上，闭上又睁开，可他再没说过一句话，而且他的脸越来越苍白。

我们跪在他的床边，把褐色的水挤到他的脸上，把煤油灯凑近他的眼睛。他的眼睛睁得大大的，我们甚至能透过眼珠看到他的后脑勺。早上，他不停地呻吟，就像灵魂挣扎着要从他的身体里逃出去一样。而到了晚上，他又浑身发抖，好像待在冰窖里，尽管天热得要命，其他人个个大汗淋漓。我们就这样一直盯着他，谁也不说一句话。

副官过了整整三天才断气。他死的那天夜里，月亮格外圆，照得地上处处闪着银光。我们把他的尸体丢进了排水沟——我、大力神、司令官和兰博。不过，在丢掉尸体之前，兰博扒掉了副官的衣服，因为司令官说现在兰博是新的副官了。我们把他的尸体留给了猫、狗、蛆和虫子吃。走的时候，我想，他那不想再打仗的愿望总算实现了。我心里一阵害怕，因为现在我终于明白，不用打仗的唯一方法就是死掉。

可我不想死。

第九章

不论白天还是夜晚、明亮还是黑暗、炎热还是寒冷、下雨还是晴天、干燥还是潮湿，我们一直都在打仗，打仗，打仗！每时每刻，子弹吃掉了一切——叶子、树枝、土地和人，血流得到处都是，像洪水一样漫过丛林。耳朵里总能听到人的叫声，呼喊爸爸，呼喊妈妈，呼喊上帝，呼喊魔鬼，有时是完全听不懂的语言。有时候，我会捂上耳朵，那样就听不到子弹的啸叫和人的呼喊。但有时候，我自己也会忍不住大喊大叫，这时我耳朵里就只剩下自己的声音。还有些时候，我想大声哭，可在我们这里是没有人哭的，因为我们是士兵。如果我哭了，他们会用非常奇怪的眼光看我。

生病是家常便饭，我们一趟一趟地跑茅房，拉稀拉得像尿尿一样。我们经常饿肚子，所以就逮到什么吃什么。蜥蜴，昆虫——它们的味道更美些，此外我们还吃老鼠，总之凡是能在丛林里找到的动物，没有不吃的。有时候，我们甚至连树叶都吃，但吃树叶常会让我闹肚子，所以不到万不得已的时候，我尽量不吃或少吃树叶。肉也会让我拉肚子，因为很多时候我们都不敢点火，只能生吃。谁知道敌人藏在哪里呢？说不定刚一点火就被敌人发现打死了。

所以我经常饿肚子，而且很饿很饿，饿得我每次做梦都能梦见吃鸡。我梦见自己把鸡嘴巴都嚼得嘎吱作响，连鸡毛都吞下了肚。我饿极了，要是木头能让这饥饿的感觉减轻一分，我定会毫不犹豫地大吃特吃，可惜木头不仅不顶用，反倒会坏了我的肚子，害我上吐下泻。要是不疼也不会流血，我真想把自己的肉一点一点吃掉。我饿，饿得不想多活一天，可我又不想死。

我们整天要面对没完没了的轰炸、炮击，有时直升机也会飞过来对我们一通扫射。大地好像每时每刻都在震动，树木每时每刻都在摇晃。空气里总是弥漫着一股烟味儿，扑哧扑哧的声音总是灌进耳朵，让你连一秒钟思考的工夫都没有。我不知道过去了多久，总之我已经好长时间没见过公路、村庄、女人或孩子。我的眼里只看得见战争。恶魔得意扬扬地藏在丛林里，因为他总能吃到他想吃的——我们，并见到他想见的——杀戮，所以他快活地笑着：嘎嘎嘎嘎。

我们的卡车全被炸毁了，所以我们现在到哪儿都只能靠两条腿。而我们队伍的规模也明显缩小，因为几乎每天都有人死掉。叫霍普的那个小孩儿被烧死了，因为炸弹击中卡车时他没有来得及跳下来。有个外号叫“匕首”的踩到了地雷，结果身体被炸成了碎片。“说书的”死于疟疾，临死之前，他浑身抖得像筛糠一样。“牧师”死的时候一手抱着《圣经》，一手抱着自己被炸掉的腿，嘴里喊着：“上帝啊，带我走吧。”结果，他就真被带走了。每天都有人以各种各样的方式死去。他们中有我认识的，也有我不认识的。打仗的时候，我偶尔还会想念他们中的某些人。

有时候，司令官也会亲手毙掉几个。他已经以处决叛徒的名义打死了三个人，其中包括司机。司机很可怜，因为没有卡车可开，他就想开小差，结果就被司令官打死了。打死司机之后，司令官像疯了一样大笑不止，边笑边自言自语，谁的话都不听，就连他的新副官兰博的话也不听。看着这一切：轰炸、杀戮、死亡……我心里想，在我们所处的丛林里，恐怕只有蚂蚁才可能存活下来。我多希望自己是只蚂蚁啊。

我们已经从地上转到了地下。我们在红色的土地上挖出深深的堑壕，然后像蛇或老鼠一样住在里面。天气晴朗时还好，不至于到处都是水，我们可以专心打仗。可要是下雨的话，唉，那我们就倒大霉了，因为你会觉得自己像是生活在排水沟里。有时候，积水深得可以淹到我的肚子处，不管往哪里走，我都能在水中看到自己的倒影。我们在这个地方待得太久了。我又累又饿，想离开了。

我也不知道这里怎么会有那么多的雾。雾气包裹着我们，像给每个人多穿了一件衬衫。今天很安静，听不到枪炮声。于是，我想：嘿，战争结束了！战争结束了！可我转念又一想：真的结束了吗？白茫茫的雾气在四周缭绕，让我觉得呼吸都困难起来，就像有人想要飞进我的胸膛，拿棉花塞住我的鼻孔。我的双脚一整晚都泡在水里，我怀疑我的脚趾头已经像老鼠的爪子一样向内弯曲。

一些人相互挤着，靠在堑壕的墙上睡觉，他们头上顶着衬衣，用来遮雨。可即便如此，他们仍冻得瑟瑟发抖，因为凉风不停地从壕沟里穿过。在这种地方不踩到他们是很难的，因为他们冷不丁地便从雾气里冒出来。

上一秒，周围还是茫茫一片，可下一秒，我已经踩到了某个人的脚上。对方尖叫一声，却并没有从睡梦中醒来。后来我发现，凡是人多的地方，由于体温的缘故，雾气会相对薄一些，所以我通常一边小心翼翼地走，一边仔仔细细地观察。有些人夜里不睡觉，因为他们要站岗放哨，我一般尽量不去打扰他们。

大力神站在司令官的司令部外面。所谓的司令部其实也是一条壕沟，只不过上面支了一片蓝色的布，布上盖了些树叶，虽然简陋，却足以遮风挡雨，让他不至于像我们那样整天身上湿漉漉的。大力神扛着一支枪，枪太重，几乎要把他的右侧身子压到地面上去。我们互相注视了对方很久，随后，我抬手挥散飘在眼前的雾气。我不喜欢大力神的眼睛，因为它们太红了；我不喜欢他的牙齿，因为它们太棕了；我也不喜欢他的脑袋，因为它实在太大了。可不管他长得有多丑，他都是我的朋友。他把枪递给我，从我身边走了过去。

我走进司令部，看见司令官正背靠泥墙躺在板条箱上睡觉。他垂着两条腿，靴子伸进了泥水中。周围的水里漂着烟头和烟灰，整个棚下都弥漫着一股烟味儿。我赶紧深吸一口，因为这种气味儿能让我精神振奋，暂时忘掉饥饿。

司令官的胡子越来越浓密了，眼看就要盖住脸颊和下巴了。他呼吸的时候，胡子会随着气息微微抖动。司令官如今看起来和野人没什么两样，而他的举止更像个疯子。我偷偷想象着他一丝不挂，拖着长及双脚的胡子在丛林里奔跑的样子，那情景让我想笑。可我很饿，一笑就会肚子疼。现在，司令官对他手下的士兵非常戒备，他说就算睡觉也要睁着一只眼睛。这就是为什么在他睡觉的时候我和大力神要轮流为他站岗的原因。我就是他的一只眼睛，大力神是另一只。

“给我闪开！”兰博的脑袋跟着声音从雾里钻出来，口水喷了我一脸。他径直站到我面前，我见他肩上也扛着枪。我的肚子和脖子一下子就紧张起来，双手紧紧握着大力神给我的枪。

“司令官在睡觉。”我对他说。“那就叫醒他。”兰博回答。我一步跨到他跟前，脚下带起的水溅到了他的靴子里。“他很累，不要打扰他。”我说。我双脚冰凉，两腿直打战。“闪开！”兰博再次说道，并向右跨了一步。我也毫不示弱，端着枪再次拦在他前面。他的靴子踩在泥巴里嘎吱嘎吱作响。“不行，他在休息。”我说。

兰博弯下腰，我盯着他的脸和他茂盛的黑胡子。“你给我听着，小子，别挡道。我可不是闹着玩儿的。我从来不和人闹着玩。”他说。

“外面吵什么？”司令官在里面气冲冲地问。“是我，长官。”兰博回答。“白痴，难道你没看见我在睡觉吗？”“现在看到了，长官！”“那就闭嘴，回到你的岗位上去。”“不行，长官。我不再听你的命令了。”“为什么不听了？”“因为我们要走了，长官。”“谁要走了？你们是谁？”司令官怒吼道。接着，我又听到他在司令部的阴影里偷偷地笑。

站在我面前的兰博艰难吞着口水，连我的喉咙都感觉到了费力。而我背后的司令部里，司令官的笑声变得越来越大，人却悄无声息地来到了我身后。他胳膊一横把我推到一边，我撞到了墙上，肩膀一阵疼痛。“谁要走了？白痴。回到你的岗位上。没有我的允许，谁都不准走。明白吗？”“不，长官！”兰博说，“我们要走。我不想惹麻烦。”“你们都是谁？”司令官冷笑着问，“除了你还有谁这么蠢？”“我要走。”一个声音喊道。“我也要走。”“还有我。”“还有我。”“我也是。”一个个声音在雾气中响起，直到最远处的声音弱弱地传来。

兰博的手悄悄滑到了扳机上，我的手也悄悄滑到了扳机上，因为我担心要是我不保护司令官，不知道他又会怎么惩罚我。可这时，我忽然想起了他对我做过的那些事。于是，我对自己说，不，我才不会可怜他。也绝不会再帮助他。想到这里，我慢慢放低了枪口。

“你看，我们都要走了。我们不干了！”兰博对司令官吼道。说完，他抬手就朝司令官开了一枪。这一枪正好打中了司令官的胸口。只见他低头看向自己的胸前，嘴巴张着，好像要大叫，可却没有发出半点声音。他什么都没有来得及说，身体便倒了下去。壕沟里的水顿时被染红了一片。

兰博不再发抖，但胸口仍旧一起一伏地喘着粗气。他看着我，我看着他。他看了我很久，然后转身爬上了壕沟的墙，头顶之上很快就传来他的靴子踩在落叶上的声音。我抬起头，听到其他士兵也全都爬出了壕沟。接着，兰博大喊：“走啦，走啦！快点，快点！回家！我们要回家啦！”

我看了一眼司令官的尸体，也跟着爬出了壕沟。我很累，很饿，我也想回家。

第十章

司令官死了。原来打死他这么容易。之前为什么没有人这样做呢？我不知道，现在也不想考虑这个问题。我太累了。

我们沿着一条公路走了一整夜，左右左，左右左。我们把能带的东西全都带着：枪、刀、衣服。当然，除了这些，我们也没别的东西了。在丛林里待那么久，怎么可能会有其他东西呢？我已经累得快要迈不动腿，可还是咬牙跟着兰博。其他士兵也和我一样只管跟着，虽然兰博并不像司令官那样手里拿着地图。左右左，左右左？已经没有人继续像士兵一样走路了。他们想迈左腿就迈左腿，想迈右腿就迈右腿，但大多时候都是拖着步子，似乎哪只脚也没有离开过地面。

我的拖鞋早就磨得像一张皮那样薄了。我的脚疼得厉害，因为在壕沟里泡了太长时间的水，脚上蜕皮严重，有的地方甚至长了烂疮。因此，即便走在平路上，我也感觉像踩着钉子一样难受。我想停下来歇歇，可没有人停。

大力神的脸上到处都是裂纹，身体不停地抖啊抖，可他并没有停下。所以，我也拖着两条腿只管往前走，心里说，他怎么做，我就怎么做。有时候我落在了后面，心里就会一阵害怕，因为走在前面的那些人看着不像人，而像一片影子。于是，我立刻又攒着一股劲儿跑到前面去，结果两条腿又会疼得几乎要了我的命。

多希望我能穿上一双靴子或者一双网球鞋啊，那样我的脚就不会这么疼了。我甚至还梦想着能有辆车可以坐，所以在行进途中，我耳朵里总会时不时地听到汽车的声音。于是，我就扭头左瞧瞧右看看，满心期待有辆车过来解救我，把我送回家。可我一辆车也没有见到。我把自己想象成一辆汽车，双脚能像车轮一样不停转动，可我做不到。我饿得前胸贴后背，只想停下来歇歇，吃点东西。

不管走向哪里，月亮都跟着我们。它又大又亮，我们不用点火把也能看得清路，所以没有人担心敌人会从树林里偷袭我们。既然我们不点火把，他们就看不到我们，除非他们用直升机在空中扫射，或者用探照灯在路上乱照。我看到树和树的影子，看到石头和石头的影子，于是便对自己说，好吧，我要走到那棵树或者那块石头那里。

我的眼睛逐渐适应了光线，于是开始看到周围更多的东西：每一棵树，每一块石头，每一片垃圾，或者路旁泥土中长出的一株孤零零的植物。天上地下，只有月亮发出皎洁的光，使整个世界像玻璃的一样，仿佛只要稍微用一点力去摸，它就会碎掉。这我可不喜欢。玻璃的东西看起来虽然漂亮，但却感觉像死的一样，即便它有生命。

正如这里一切活的东西看起来都像死的一样。路旁的野草，野草后面的树，我的胳膊和腿，大力神的脸，兰博的脖子……它们看起来都像死的。我很纳闷儿，为什么这些死的东西却还能活着？我看着路上的一切，它们全像玻璃一样硬邦邦的，可我看不透它们。所以，我就知道，世界上存在着许许多多的人和物，即便我们对它们视而不见。

我听到了歌声。有人在唱歌。那是一首老歌，我妈妈以前做饭或洗衣服的时候经常哼唱。歌声，歌声。我已经好久没有听到过音乐，哪怕是小鸟的歌唱。此刻，这歌声让我浑身发烫。我想挠，挠遍全身。我想跳舞，可我的身体还记得怎么跳舞吗？应该不记得了。想到这里，我一阵悲伤。我们曾经那么热爱的音乐和歌曲都到哪里去了？我不知道。我不知道。

我加快脚步，想看看唱歌的人是谁，好站在他旁边感受这音乐。我从一个人走到另一个人跟前，可他们的嘴里并没有发出任何声音。我真想赶快找到唱歌的人，把那美妙的声音全都收起来，装进我的口袋，那样我就能据为己有，不开心的时候便能拿出来听听。可我寻找的声音到底是从哪儿来的？我不在乎了，因为歌声吸引着我的身体，让我不停地去寻找，却忘了为什么去寻找。不过，我还要考虑蹦进我脑子里的其他念头。

我不在意枪压得我后背疼痛，尽管它特别特别沉重。我心里想着家。在丛林里的时候，不知道有多少次我曾想到过家，想到过那些和我一起长大的小伙伴。他们在我脑子里跑来跑去，就像小孩子们放学之后嬉闹着跑回各自的家，跑向教堂，跑向集市，仿佛从来没有战争这回事。

在我的脑海中，家乡的人们总是喜气洋洋，快快乐乐的。我想，如果他们的生活如此幸福，那我又为什么待在这陌生的地方过这种不生不死的日子呢？我不知道，我不知道。

我们又累又饿，却又努力向着某个地方进发。这地方是哪里呢？我不知道。我只记得兰博说我们不能停下。所以，我们便马不停蹄地向前走，从夜晚走到黎明。太阳在我们身后升起，将我们的影子拉得又细又长，于是前面的路变得更加晦暗不明。

这条路格外孤单，除了我们，见不到其他任何人影。我在想，人们都到哪儿去了呢?

我不喜欢这样的寂静，尤其在大白天。我不喜欢拖鞋拍打我脚掌的声音，不喜欢我沉重的呼吸声，更何况每一次呼吸都会伴随着无法形容的疼痛。可我不能停下，只能咬牙继续向前。

我听到一个声音，虽然那只是某个人痛苦的呻吟。我对自己说，你要追上那个声音。所以，每当那个声音越来越弱，我的步子也会越来越快。我可不敢掉队，否则必定会在这片丛林中迷了路。想想看，倘若我真的被他们甩在后面，说不定会被什么野兽吃掉，或者被某些想要赢得胜利的士兵当作祭品牺牲掉。我想象着尾随我们的野兽，它拥有狮子的身体和士兵的脑袋，而且还戴着头盔。它的眼睛像子弹一样犀利，牙齿像刀一样尖锐，尾巴像枪一样粗重，呼吸像火一样炽热。说不定它对我吹上一口气就足以把我烤熟，然后它便只需坐下来慢慢享用。每每想到这些恐怖的结局，我就加快脚步，绝不让自己成为走在队伍最后面的人。

汗水蜇疼了我的眼睛。太阳越升越高，地上也越来越热，枪像烙铁一样烫着我的后背。我怀疑背上会被烫出一个印，就像牛身上的烙印一样，证明枪就是我的主人。

战争刚开始的时候，我曾渴望拥有一把枪，好用来保护自己，然而现在这把枪却让我十分难过。以前，我是枪的主人，不管到哪儿都扛着它，而今它却像个国王一样骑在了我的背上，我只能像仆人一样伺候它。它说向右，我便向右，即使我的身体想向左。它说停，我就停下来喘口气。倘若我和其他人一起下山，它就在后面不停地催我，甚至推着我朝山下跑。

我越来越不喜欢这把枪，甚至想把它扔到林子里去。可如果我把枪扔了，兰博恐怕会把我扔了，因为枪比我更重要。这一点，我一直铭记在心。

这条路可真长，可有时候看着它也挺让人高兴的。我喜欢它随着地势忽高忽低的样子。如果在阳光下看这条路，你会发觉它更加壮观。路两旁的树好像对它格外敬仰，没有一棵长在它的身上。只有一些不起眼的小东西才会对它不敬，例如小草，或者某些被汽车碾死的小动物，它们的尸体久久地留在路上。我很害怕，因为路上除了我们就只剩下那些不敬路的小草，而对路不敬的小草最终会被路杀死。这样一想，我们也很危险，因为我们同样不尊重这条路，我们随地大小便，随地吐痰，我担心要不了多久，报应就会落在我们身上。

走路的时候，我的嘴里总是咸咸的，持续不断的咸味儿让我对盐都产生了恨意。我口渴难耐，这比饥饿还要痛苦。我的头昏昏沉沉，只觉得天在旋，地也在转，好像我在原地转圈圈。有一次，我看见大力神慢悠悠地走在我前面，可是一眨眼工夫，他又在后面小跑着追了上来。我怀疑自己离疯掉不远了。

前进，前进。我们一直在前进，因为这就是我们眼下的任务。一路上，我们看到许多东西：房子，树木，学校，烧毁的汽车壳子，各种各样的垃圾。可我们始终没有见到人。我们走进一个村子，它小得几乎算不上村子，只不过是大路两旁建了几栋房子而已。可惜房子里除了遍地的垃圾，找不到一个人影。人们知道我们要来，都像躲避瘟疫一样纷纷逃走了。

我望着路上不时出现的沟沟坎坎，有的地方露出红色的泥土，像一道道伤疤。沿途全是垃圾，好像除了垃圾，就再也没有别的东西能和这条路做伴。我们才不管这些，只是一味地向前走，直到大力神不小心踩到一片玻璃瓶碎渣摔倒在地。他一声没吭，甚至连哭喊或尖叫都没有，好像他根本感觉不到疼痛。可我看着都替他疼，忍不住想要大叫几声。其他士兵像没事儿一样从我们身旁走过，没有一个人愿意多看我们一眼。

“大力神，大力神。”我说，“咱们不能停，要不然他们会丢下我们的。”可他没听我的话，而是弯腰扳着脚，撕掉脚皮，把玻璃渣捏了出来。随后，他舔舔手指上的血和土，但却一点也没有碰到嘴唇上溃烂的地方。他伸手拉住我，我们起身一起向前走去。一步，两步。他又倒了下去。“你怎么了，大力神？我们得赶快追上大部队。起来啊，大力神！”但他只是看着我，连连咳嗽。过了一会儿，他朝旁边的地上吐了一口，唾沫中有痰，也有血，但血占大部分。

我催促大力神起来，可他不听，仍旧躺着不动。他的嘴唇微微蠕动，却没有发出任何声音。我看着他，他的脸像出汗了一样闪闪发光，可他的脸上并没有汗。我在他身边跪下，看着其他士兵一个个从我们身旁走过。

我摸了摸他的胸口，他的心跳得特别厉害，就像一村子的人同时跺脚一样震撼。“哎呀，大力神！”我说，“你怎么了？”他不说话，只是眨着眼睛。我也眨眨眼，见他瑟缩成一团，我站起来假装要走。“别丢下我。”他看着我说。于是，我对他喊道：“快起来啊，别再磨蹭了！”接着，我又听见他说：“别丢下我，阿古，别丢下我。”

天啊，大力神居然开口说话啦！我停下来，转身看着他。他也看着我，可他的眼睛黯淡无光，像瞎了一般。

我弯下腰，发现他瘦小的身躯几乎消失在衣服下面。他的脸蜕皮严重，看起来十分吓人。他的眼珠使劲往上翻着，让人不由得担心它们会翻到脑子里去。而他的眼眶里只有红和黄两种颜色，红的像血，黄的却像屎。此时的大力神看起来就像扔在路上的一团垃圾。

我想哭，可眼睛里却流不出泪水。我努力保持镇定，免得因为害怕乱了方寸。可是大力神——大力神是我的兄弟，我的家人，我唯一能说话的人，尽管以前他从来都没开过口。我注视着他，然后又抬起头看看路上，因为我忽然发觉自己听不到其他士兵的声音了。我不想被落在后面，但我也不想丢下大力神。“大力神？”我喊着他的名字，“大力神！”可他没有回应，一个字都没有说。我一声声地叫着：“大力神？大力神？大力神？”

第十一章

一切都和从前不同了。

失眠找上了我。只要一躺下，脑子里就会出现各种声音，吵得我连眼睛都不敢合上。每天如此，我担心自己离崩溃已经不远了。

白天时，我呆坐在地上，注视着太阳，好像它是全世界唯一可看的东西。我发现有的时候太阳明亮耀眼，有的时候也晦暗无光。我很想问问它：“你为什么要照着这个世界呢？”如果我是太阳，就一定会换个地方——到一个平静安详的地方，那里的人们不会在我的光芒里做可怕的事情。

夜晚，我盯着月亮，看里面是不是有个人在对我微笑。他们都说月亮上住着人，夜里会对你笑，可我从来没有真正见过。这里没有人微笑，不管白天还是黑夜。

我无数次告诉自己，有机会一定要逃走，逃得远远的，到一个谁都找不到我也看不到我的地方，在那儿一直待到死去。同样的话说过一遍又一遍，可每当我起身要逃的时候，就会想起藏在丛林里的野兽和幽灵，想起曾经在镇上见过的地图。于是，我问自己，你知道往哪里逃能远离战争吗？所以，我能做的就是坐在这里，梦想自己能够脚底生风，或者世界自己移动起来。我天天做这样的白日梦，而且还一心一意地等着它实现。

有一天，我们正走在路上，远处忽然传来卡车的声音，大家立刻分散，一窝蜂似的钻进了树林。

我们不知道碰到的是什么人，但谁都不愿意被他们发现，免得丢了性命。我们踩过落叶、树枝和石头，埋头跑了很久，寻找树影躲避。我只顾往前跑，却没怎么留神脚下，结果扑通一声，我被什么东西绊了一下摔倒在地。膝盖上一阵剧痛，我低头看是什么东西绊了我，却发现一个死人躺在地上，像睡着了一样。那人的全身已经僵硬，肚子鼓起老高，好像里面充满了气，胀得制服扣子都快要崩脱。我心里清楚，眼前这具尸体意味着我们离战争很近很近。

另一个士兵也看到了尸体。他跑过来跪在旁边，开始解死者衬衣的扣子。尸体上爬满了虫子，背上亮晶晶的甲壳虫和小小的白色蛆虫在死者胸口爬来爬去。那人把尸体翻了个身，抽掉衬衣，抖了抖，卷起来夹在胳膊下面。然后，他又脱掉死者的靴子，把自己的旧拖鞋穿在死者脚上。做完这些，他对我一笑，露出满口黑牙，接着便起身飞奔着追其他士兵而去。看着那人跑远，我也想起身去追，因为我不想待在这里陪一个死人。可我的双腿不听使唤。这是怎么回事？我问自己。我杀过男人、女人，我曾残忍地殴打他们，直到他们的血溅满我全身，我曾看着我的朋友像魔鬼附身一样坐在路边发抖，可如今只是看到一具普普通通的尸体，为什么我就想哭、想吐呢？

想想我做过的那些事。只要他们下令杀人，我二话不说就杀人；下令开枪，我就开枪；下令砍死一个女人，我就砍死一个女人，即便我不愿意也还会照做。我什么人都杀：父亲、母亲、爷爷、奶奶、军人。在我眼里，他们都是一样的。是谁不重要，我的任务就是打死他们。想了又想，我觉得自己不能再这样下去了。

于是我爬起来，在短裤上擦了擦手上的泥巴，低头看了一眼我的枪，对它说："我不再需要你了。你就待在这里吧。"平时扛枪的肩膀一阵欢呼，因为它再也不必遭受枪的压迫。

没人在意我是不是跟上大部队，我穿过树林向大路走去。微风从后面吹来，推着我的背。我急于离开这里，所以越走越快。来到路上，我朝着太阳落山的方向一直走去。看着夕阳，我真想把它抓在手中拧一拧，把那明亮的颜色永远拧掉。这样，世界将永远黑暗，人们就再也看不到发生在这个世界上的一切罪恶了。

第十二章

我想，天堂里应该永远都是早晨吧。你什么时候醒来都没关系，因为阳光永远会暖烘烘地照进窗户，小鸟在窗外的枝头上歌唱，公鸡喔喔喔地打着鸣，人们生火做饭，处处炊烟。一切都那么新鲜。这就是现在我每天醒来后的感觉，因为我来到了一个新的地方。

我不知道我在这里待了多久，但应该很久了。几个星期？几个月？不知道。我只知道在这里的感觉很惬意，很舒服。只要我从床上站起来，透过窗户就能看到大海，还能听到欢腾的海浪声。一棵棵椰树像哨兵一样笔直地站在海边。海风阵阵，仿佛在和椰树窃窃私语。每天早晨，我都会光脚走上沙地，任沙砾把脚趾下的皮磨得通红。每天早晨，我都把这里的一切仔仔细细地看上一遍。我观察螃蟹如何在沙地里行走，观察蘑菇如何在棕榈树干上生长。有时候，我会盯着一群蚂蚁，看它们怎样吃掉从树上坠下的椰子，或者研究遍地丛生的各种植物。看到这许多新奇的东西，我总是禁不住想，这世界真美，真好。

我再也用不着担心战争，轰炸啦，炮击啦，死亡啦，这些全都离我而去。夜晚，我们睡在挂着吊扇的屋里，不必遭受雨淋，也感觉不到闷热。他们给我们吃的，并让我们到有着蓝色墙壁和白色地板的屋里，坐在桌子前慢慢享用。他们提供的食物甚至超出了我们的需要。即便我们想要更多一点的食物，也根本用不着开口乞求，想吃尽管自己去拿好了。芭蕉、大米、肉、鸡、鱼，应有尽有。有时候，即使不饿，我也尽力去吃，因为我怕食物被吃完，第二天就又要饿肚子了。

我的身体渐渐恢复，甚至比以前更加结实。我的胳膊和腿又有了力气，走路的时候，骨头不会咯咯直响，也不再感觉天旋地转。我穿上了新衣服——胸口有黑色条纹的白汗衫和长短正合适的蓝裤子。我对这些新衣服特别满意，它们干净、整洁，没有子弹眼儿，也没有上一任主人的血。每天早上，洗过澡，我都会迫不及待地穿上它们，好让别人看看我穿上新衣服之后有多精神。

我一个人占了一间房，睡一整张床。房间的窗户下摆着一张桌子，正好被阳光照到。他们给了我许多书，因为我对艾米说我爸爸以前是名教师，战争之前我经常读书。他们甚至还给了我许多纸，并告诉我说想写什么或者画什么都可以。于是，我画了一张关于学校的画，我想完成学业，将来做个医生或者工程师。

每周三和周日，神父都会来。他穿着带白领的黑衣服，自我介绍说叫费斯图斯神父。于是，我们便都那样称呼他。神父长得精瘦，但脸颊却很胖，好像两团肥肉挂在颧骨下面，长长的鼻子几乎遮住了嘴巴。他总是戴着墨镜，所以我从来没见过他的眼睛。有时，我甚至怀疑他有没有眼睛。他对我们说："皈依上帝，向万能的主祈祷，以便得到他的宽恕。"费斯图斯神父经常把忏悔、宽恕和复活挂在嘴边。他说，一个人要想让自己的生命有意义，就离不开这三样东西。

我也经常想到忏悔、宽恕和复活，可我并不理解它们的含义。就算神父一而再，再而三地重复，它们在我脑子里还是模模糊糊。而我唯一清楚的东西是关于我和另一个男孩儿的记忆，那就是大力神。曾经我们几乎形影不离，白天肩并肩地行军，夜里互相挨着睡觉，因为除了彼此互相保护，不会有别的人来关心我们。我还记得人们咳嗽和尖叫的声音，记得遍地屎尿和腐烂尸体的臭味儿。

我脑子里只有这些，挥之不去。所以，我问费斯图斯神父，忏悔、宽恕和复活是什么意思。他对我说："我的孩子，不要担心，你最先要做的事就是信仰上帝，毫无杂念地相信他，因为他会帮助你理解这些东西的。你有《圣经》吗？”

“有啊，”我说，“不过我平时都用它来压我放在桌子上的画，免得它们被电扇吹得到处都是。”

虽然他的话我听得似是而非，但终归还是听下去了，因为他说上帝在这个地方依然存在。我不知道自己是不是相信他，可我愿意听他这样说。

我每天都和艾米谈心。她是个白人，专门从美国来帮助像我这样无家可归的人。她的牙齿小得可怜，舌头却大得吓人，嘴巴几乎装不下，所以她通常都用鼻子说话，可她的鼻子也小得可怜，有时候我根本听不懂她在说些什么。

大多时候，她都一言不发地坐在我对面的椅子上，眼睛盯着我，好像只要盯着我就是对我最大的帮助一样。她总是劝我说啊说啊说，我要是不说话，她就会觉得我像个害羞的小孩子。而如果她觉得我像个小孩子，那我就真的不想说话了，因为小孩子可不知道怎么说话。不过，每一次和她面对面坐着的时候，我都感觉自己像个长者，而她却像个不谙世事的小女孩儿，因为我是从战争中走过来的人，而她连战争是什么都不知道。

她总是对我说，把你的感受告诉我，把你心里想的东西告诉我。于是，每天我都对她说着同样的话。我在想我的将来。“你的将来是什么样的？”她问。我回答说：“在将来，我看见自己当了医生或工程师，挣了很多钱，成了大人物，再也不用去打仗了。”有时候，我也会告诉她：“我的耳朵里经常响起子弹和尖叫的声音，这些声音把我烦得要死。我也想躺在温暖的大地上，闭上眼，鼻子里充满泥土的清香，就像大力神那样。我想感受身体周围泥土的潮湿，那样当我出汗时，感觉就像大地在借助我的身体出汗。还有，我想留在这个地方，永远都不离开，直到我的身上盖满尘土，长满野草，昆虫在我的牙缝里安家。”

我对她说："我的身体上会长出一棵绿柄桑树。它无比粗壮，树干能够分离白天和黑夜。它又无比高大，顶端的叶子够得到月亮，住在月亮上的人会高兴地对世人笑。"

我对她说："有时候我不说话，是因为我知道太多可怕的事情。我见过的可怕的事，比一万个人见过的都多。我做过的可怕的事，比两万个人做过的都多。如果我说出了这些事情，不仅我会难过，你也会难过的。我想快快乐乐地活着，为了我现在看到的这一切。我只想快乐。"

说这些的时候，她目不转睛地盯着我。我看到她的眼眶有些湿润，便对她说："如果我把我做过的那些可怕的事全部告诉你，你一定会认为我是野兽或者魔鬼。"艾米一言不发，但眼睛里却始终闪着泪花。于是，我告诉她："好吧，好吧，其实我既是野兽，也是魔鬼，可我曾经也有过妈妈，而且她非常爱我。"

致谢

首先，我要感谢卡根奖学金委员会及梅隆计划对我的慷慨资助。

感谢我敬爱的导师杰梅卡·金凯德，感谢您为我所做的一切。您的激情、鼓励和指导令我受益匪浅。没有您，我写不出这样一部作品。感谢我的写作老师帕特里夏·鲍威尔，是她带我走进这个神奇的世界，让我领略了写作的奇妙。没有您，我不可能创作出这部作品。感谢我的家人——爸爸和妈妈，谢谢他们对我的理解和支持。感谢昂义、欧克和乌奇，谢谢他们认真倾听我的各种想法（并容忍我长期不洗碗）。感谢我的奇奇叔叔和乌珠婶婶，他们收留了我整个夏天。感谢楚德和达尤两位叔叔督促我坚持不懈地写作。感谢阿米奇叔叔给我带来的欢乐。

还要感谢我的爷爷、奶奶，以及其他叔叔婶婶、堂兄堂弟堂姐堂妹，感谢他们的关爱与陪伴。感谢思米以及凯恩姨妈对我的信任，她们关心我，并帮助我理解人生的真谛。还有我的朋友们，他们对我的鼓励无比珍贵。感谢妮娜对我的大力支持，以及她倾情投入的编辑和校对工作（总算结束了）。感谢伊恩为我树立了人生榜样，很小的时候，我就下决心要成为像他那样的人。

感谢艾德琳、贝尼塔、埃利奥特、罗宾和增吉等对我的包容（请你们继续保持）。感谢我下榻过的别墅以及那里对我的款待（烧毁了录像带）。感谢亚伦和伊斯梅尔，你们的存在就是对我的最大支持。还要感谢我的经纪人杰夫和特雷西，我的编辑安雅和蒂姆，你们的友善与耐心让我无比感动。

再次感谢所有的朋友，你们的帮助我将永远铭记于心。

“我杀了一个人，这是深重的罪孽，但我也知道，这样做才是对的。”